세상을 바꾼
호신용 스프레이

세상을 바꾼 호신용 스프레이

발행일 2023년 11월 2일

지은이 한 우
펴낸이 손형국
펴낸곳 (주)북랩
편집인 선일영 **편집** 윤용민, 배진용, 김부경, 김다빈
디자인 이현수, 김민하, 임진형, 안유경 **제작** 박기성, 구성우, 이창영, 배상진
마케팅 김회란, 박진관
출판등록 2004. 12. 1(제2012-000051호)
주소 서울특별시 금천구 가산디지털 1로 168, 우림라이온스밸리 B동 B113~114호, C동 B101호
홈페이지 www.book.co.kr
전화번호 (02)2026-5777 **팩스** (02)3159-9637

ISBN 979-11-93499-36-8 03810 (종이책) 979-11-93499-37-5 05810 (전자책)

(주)북랩 성공출판의 파트너

북랩 홈페이지와 패밀리 사이트에서 다양한 출판 솔루션을 만나 보세요!

홈페이지 book.co.kr • **블로그** blog.naver.com/essaybook • **출판문의** book@book.co.kr

---

작가 연락처 문의 ▸ ask.book.co.kr

작가 연락처는 개인정보이므로 북랩에서 알려드릴 수 없습니다.

한우
소설

세상을 / 바꾼 / 호신용 / 스프레이 /

🌊북랩

이 소설은

가상(假想)의 나라 율반(栗盤)에서 일어난

가상의 이야기다.

저자의 말

가상의 나라 '율반'에서 일어난 이야기다.

무속인과 유착한 영부인과 남편 마원일 수상의 비참한 말로.

비정한 스파이 세계에 희생당하는 선남선녀의 이야기를 짧고 드라이한 표현으로 생동감있게 전하려고 한다.

차례

세상을   호신용
바꾼   스프레이

우리 주변의 암적(癌的) 존재들

세상을 / 바꾼 / 호신용 / 스프레이 /

디데이(D-day) 새벽

∩○∩○⊃

12월 3일 새벽.

율반(栗盤, 가상의 나라)의 신학대학원 학생 길형로(吉亨魯)가 침대에 누워있다.

밤새 뒤척이다가 잠이 들었나 싶었는데 이내 눈이 떠졌다.

얼마나 잤을까?

시계를 보니 새벽 4시.

겨우 1시간 잤다.

오후 2시로 예정된 일을 벌이려면 10시간이나 남아있다.

"더 자야 할 텐데……."

세상을 바꾼 호신용 스프레이

하지만 불안감 때문에 더 이상 잠이 안 올 것 같다.

마음을 가라앉히려고 누운 채로 기도를 한다.

"하나님, 악한 영(靈)을 파멸시키라는 사명을 맡겨주시니 감사합니다. 사명을 감당할 수 있도록 도와주소서."

기도를 하고 난 뒤에도 여전히 불안하다.

차라리 일어나 예행연습을 한 번이라도 더 해야 덜 불안할 것 같다.

일어나 불을 켜고 벽장문을 연다.

벽장 안에는 셀로판종이에 쌓인 장미꽃 한 다발과 호신용 스프레이 1개가 놓여 있다.

꽃다발을 꺼낸다.

붓글씨로 "손미령 여사님 사랑합니다."라고 적은 리본이 달려 있다.

리본이 구겨지지 않고 잘 간수된 것을 보고 꽃다발을 도로 벽장에 넣는다.

그리고는 호신용 스프레이를 오른손에 쥐고 검지로 분사 버튼을 누르는 시늉을 한다.

그러면서 스스로 최면을 건다.

"악한 영(靈)을 파멸시키는 것은 하나님이 내게 맡기신 거룩한 사명이다. 두려워 말라, 하나님이 지켜주신다."

길형로의 불우한 성장기

✿○○○○

　형로는 한자 문화권인 라이퐁(가상의 나라)의 소수민족인 율반족(가상의 민족)이다.

　그는 24년 전 사회주의 국가인 라이퐁의 청하에서 율반족인 아버지의 첩에게서 태어났다.

　때문에 형로는 라이퐁 말과 율반 말이 모두 능통하다.

　형로가 유년 시절 생모는 신세를 한탄하며 매일같이 무속인에 의지해 아들 형로의 장수복락을 빌다가 어느 순간 무속인에게 빠지게 된다.

　그녀의 정신세계를 사로잡은 무속인은 무속 경력 30년의 한학자임을 자처하는 50대 남자.

　그는 미래를 점치는 점술을 주로 보면서 풍수와 관상도 봐주곤 했다.

인민학교 졸업 학력에 한학을 독학한 수준이었으나 귀를 솔깃하게 만드는 말재주가 뛰어났다.

그에게 빠진 생모는 재물을 바치는 것도 모자라 끝내는 집을 뛰쳐나가 그와 살림을 차린다.

그때 여섯 살이던 형로는 집안의 천덕꾸러기로 외롭게 자란다.

형로가 열다섯 살 때 생모와 동거하던 무속인은 사기죄로 복역한 얼마 뒤 병사(病死) 한다.

뒤이어 생활고와 우울증이 겹친 생모가 자살한다.

그때부터 형로의 가슴속엔 어머니를 꾀어내 파멸시킨 무속인에 대한 원한이 사무쳤다.

어머니의 체취가 남아있는 중국에서도 살기 싫어졌다.

출구를 찾던 그는 4년 전 상속 유산을 처분하고 조상의 뼈가 묻혀있는 율반으로 유학을 오게 된 것이다.

형로의 애인, 주취란(周翠蘭)

ᴼᴼᴼᴼᴼ

형로에게는 같은 라이퐁 국적의 애인이 있다.

주취란(周翠蘭), 23세.

아버지는 라이퐁의 훈족이지만 어머니가 율반족이기 때문에 율반 말에 능통하다.

그 때문에 3년 전 라이퐁 정부로부터 율반어 장학생으로 선발돼 율반으로 유학을 왔다.

당연히 학비와 생활비를 라이퐁 정부로부터 받고 있다.

취란은 형로가 다녔던 율반 대학의 1년 후배로 현재 졸업반이다.

라이퐁 사람으로는 드물게 독실한 기독교 신자이면서 무속을 비판적으로 연구하는 "무속 비교 연구소"에서 비상임 연구원으로 활동하고 있다.

형로와 취란은 같은 국적이라는 동질감 때문에 취란이 입학하면서부터 쉽게 가까워졌다.

그런데 2년 전, 그러니까 둘이 사귄 지 1년쯤 되는 어느 날 취란이 불쑥 무속과 악령에 관한 얘기를 꺼내면서 형로에게 큰 변화가 일어난다.

그전에는 취란이 무속에 관한 얘기를 한 번도 한 적이 없었다.

혹시나 무속을 증오하고 있는 형로의 기분을 상하게 할지 모른다고 걱정했기 때문이다.

그런데 이상하게도 그날은 취란의 입에서 무속 얘기가 술술 흘러나왔다.

"오빠, 무속에도 영적(靈的)인 세계가 있다는 거 알고 있어?"

"⋯⋯⋯⋯⋯."

형로가 말이 없자 취란이 말을 이어간다.

"인간은 영적인 세계를 이길 수 없어. 영적인 세계란 인간에겐 초월적인 영역이니까."

"………………"

"그런데 무속에도 저들만의 영적인 세계가 있다고 들었어. 무속인의 영적인 힘도 거기서 나오는 거래. 무속인에게 빠지면 빠져나올 수 없는 것도 영적인 힘에 묶여있기 때문이라는 거야."

그 말을 듣자 형로는 무속인에게 빠져 불행하게 살다 간 어머니가 떠올랐다.

그래서 취란의 말에 수긍이 가는 듯했다.

하지만 겉으로는 피식 웃으며 빈정대듯이 물었다.

"인간은 누구도 무속인을 이길 수 없다는 얘긴가?"

"아니야. 인간도 예수의 능력을 앞세우면 무속인의 영적인 힘을 이길 수 있어."

"무속인도 영적인 힘을 가졌다면서 어떻게 이길 수 있어?"

"무속인이 영적인 힘을 가졌다 해도 그건 악령(惡靈)일 뿐이야. 하나님도 우상과 귀신을 절대 섬기지 말라고 경고했어. 왜냐하면 그것들은 모두 악령들이니까."

"악령이라는 게 대체 뭔데?"

"간교한 계교로 인간을 속여 영혼을 예속시키고 끝내 파멸에 이르게 하는 악한 영혼을 말해."

"결국 무속은 악한 영이라는 얘기네."

"예수도 무당에게 홀리거나 귀신 들린 사람의 몸속에서 악령을 내쫓았어. 우리 주변에도 예수의 능력 앞에 벌벌 떨며 줄행랑치는 악령들이 많이 있어."

잠시 침묵이 흐른 뒤 취란이 형로의 등 뒤로 가서 껴안으며 말했다.

"믿어야 해, 예수의 능력만이 악한 영을 물리칠 수 있다는 것을."

그 순간 무속에 대한 원한으로 가득 찬 형로의 가슴에 청량한 기운이 샘솟는 것 같았다.

무속을 물리치기 위해선 무슨 수라도 쓰고 싶은 마당에 무속을 파멸시키는 힘이 존재한다니 반색하지 않을 수 없기 때문이었다.

밑져봤자 본전이라고 생각하고 궁금한 점을 물어봤다.

"예수의 능력이라고 했나? 어떻게 하면 도움을 받을 수
있어?"

그러자 취란이 형로 앞으로 와서 두 손으로 형로의 얼굴
을 감싼다.
그리고 형로를 똑바로 쳐다보며 낮지만 강한 어조로 말
한다,

"신앙을 가져봐. 반드시 예수의 능력으로 무속인을 물리
칠 테니까."

형로는 말이 없었다.
하지만 취란은 형로가 흔들리고 있음을 알아채고 본론
을 꺼냈다.

"우리 함께 교회에 다니지 않을래?"

머뭇거리던 형로가 마지못한 듯이 대답했다.

"사람의 힘으로는 어렵다니까 속는 셈치고 예수의 능력에 기대어 볼까?"

얼마 뒤부터 형로는 취란이 다니는 교회에서 예배를 보기 시작했다.

1년 뒤 졸업이 다가오면서 예수의 능력에 대한 확신이 커지자 내친김에 달리고 싶었다.

목사가 돼서 무속을 몰아내는 데 신명을 바치기로 결심한 것이다.

그리고 금년 봄에 신학대학원에 진학한다.

라이퐁 보안부 2국

∩○∩○⊃

8월 19일.

라이퐁의 국가정보기관인 최고 보안부의 제2국장실에 두 사람이 앉아있다.

"국장님, 이제 한계가 온 것 같습니다."

율반 정보를 실무적으로 총괄하는 부하가 결연한 표정으로 서두를 꺼냈다.

그는 계급이 중좌에 지나지 않았지만 '율반 소요사태 대비책'을 비롯해 수십 건의 대형 프로젝트를 설계한 최고의 율반 전문가였다.

상부에서도 그의 능력을 높이 평가하고 있었다.

다만 국수주의적(國粹主義的)인 소신에 대해서는 내심 경계를 하고 있었다.

국익을 위해선 무슨 일이든 해야 한다는 신념이 지나치게 투철하기 때문이었다.

"국장님. 율반 정부가 반 라이풍 노선을 계속한다면 우리 안보가 치명상을 입을 수 있습니다."

"그 정도로 심각한가?"

"더 이상 좌시할 수 없는 단계로 판단됩니다."

"구체적으로 설명해 보시오."

"방금 끝난 아리카[1], 수랑, 율반의 3국 정상회담에서 율반 정부가 반 라이풍 기조를 명확하게 드러냈습니다."

"그동안 의심되는 점들이 있었지만 그때마다 율반은 부인했잖소?"

"전부 위장술이었음이 드러났습니다."

"그렇게 단정할 만한 근거가 있나?"

"이번 3국 정상회담에서 그들 3국에 위협이 되는 국가로

---

1) 아리카, 수랑, 율반 모두 가상의 나라

라이퐁을 1순위로 적시했습니다. 이는 작년 11월에 3국 정상들이 라이퐁을 3순위로 적시했던 것과 비교할 때 1년도 안 돼 우리 라이퐁을 최대 위협국으로 격상시킨 것입니다."

"율반도 동의한 결과인가?"

"물론입니다."

"우리 코앞에 있는 율반이 우리를 가장 위협적으로 보고 있다고? 그렇다면 우린 적과 어깨동무하고 있는 셈인가?"

"뿐만 아니라 3국은 탄도미사일 방어에 협력하기로 합의했습니다. 이는 우리를 향해 최첨단 군사력을 강화하려는 포석입니다. 심각한 위협이 아닐 수 없습니다."

"이것도 율반 정부가 동의한 것이고?"

"물론입니다."

"율반이 아리카에 이어 수랑에게까지 미사일 기지를 제공하려는 모양이군."

"더욱이 율반은 우리가 추구하는 라이쿤 통일 시도에도 분명히 반대하고 있습니다."

라이쿤은 30년 전 라이퐁 내전에서 패배한 세력들이 라이퐁 영토 안에 있는 지역으로 도망가서 세운 집단으로 라이풍 정부는 무력을 써서라도 통일하려는 야심을 갖고 있었다.

"우리의 주권과 영토 문제를 정면으로 간섭하려 드는군."

"결론적으로 말해 율반은 아리카, 수랑과 똘똘 뭉쳐 라이풍을 겨냥한 군사적인 결속을 극대화하고 있습니다. 지정학적으로 볼 때 율반이 교두보 역할을 할 수밖에 없습니다."

"심각한 일이군. 즉각 상부에 보고할 수 있도록 준비하시오."

강경책 건의

●○●○○

다음 날 오전, 제2국장실에서 국장과 어제 보고한 부하가
마주 앉았다.

"국장님. 상부에 보고 드렸습니까?"

"지금부터는 내가 최종 결정권자라고 생각하고 얘기합
시다."

"지시사항이 있으시다면 내려 주십시오."

"율반의 반 라이풍 노선 말이요, 어떡하면 좋겠소?"

"어제 말씀드린 대로 우리 안보에 치명상을 입힐 수 있습
니다. 결코 좌시해선 안 됩니다."

"좌시하지 않겠다면?"

"정보기관은 한발 앞서 상황을 봐야 하지 않겠습니까. 일

반 부처처럼 평면적으로 처리하다가는 소 잃고 외양간 고치는 꼴을 당하게 될 겁니다."

"좋은 대책이 있소?"

"문제의식을 얼마나 느끼는가에 따라 대책도 달라질 수 있다고 봅니다."

"심각하다는 것에 동의한다면 어떤 대책이 필요할까?"

"심각성을 어느 정도 느끼시는지 모르겠습니다만 이해를 돕기 위해 부연 설명을 드려도 되겠습니까?"

"말해 보시오."

"저는 3국 정상들의 공동성명에서 3개의 기류를 간파했습니다. 첫째는 아리카와 수랑이 율반의 안보를 책임진다는 명분으로 3국 군사동맹을 강화할 것이고, 둘째는 수랑이 그 여세를 몰아 라이퐁 대항마로 전면에 나설 것이고, 셋째는 그것을 이루게 하는 교두보를 율반이 적극 제공할 것이라는 예측입니다."

"수랑이 라이퐁 대항마를 꿈꿀만한 상황인가?"

"상황은 만들면 되는 것 아니겠습니까. 머잖아 수랑이 아리카의 비호 아래 재무장을 가시화하고, 뒤이어 율반 안에 군사적 교두보를 확보한다면 상황은 달라질 겁니다."

"그게 가능할까?"

"불가능하지 않습니다. 수랑의 재무장은 사실상 진행형입니다. 전쟁을 수없이 치른 그들의 경험이 현재의 높은 기술 수준과 결합할 경우, 가공할 군사력 확보는 시간문제입니다."

"수랑의 입지 조건을 볼 때 군사력이 강해진다고 해서 우리 코앞의 위협이 될 수 있을까?"

"만약 율반의 안보가 어려워지면 율반의 요청으로 수랑의 군대가 율반에 진주할 가능성이 높습니다. 뒤이어 율반 안에 수랑군 전용 활주로를 확보하고, 항공모함을 비롯한 수랑 해군력이 율반 영해에 전개하는 것도 가능해질 겁니다."

"우리 라이퐁을 잡아먹지 못해 안달하는 형국이군."

"더 심각한 것은 율반과 수랑 사이에 해저 터널이 건설되면 수많은 수랑군과 장비가 순식간에 율반으로 들어오게 됩니다. 이것은 라이퐁 대항마를 노리는 수랑의 강력한 동력이 될 겁니다."

"해저 터널은 수랑이 적극 찬성하는데 반해 율반에서는 반대 여론이 많지 않소?"

"율반의 여론이 마원일(馬原日) 수상을 이긴 적이 없습니다. 때문에 마원일이 마음만 먹으면 일사천리로 강행될 가능성이 있습니다. 더욱이 율반과 수랑 모두 높은 기술력과 터널 건설 경험을 갖고 있어 공사 기간도 오래 걸리지 않을 겁니다."

"수랑군이 해저 터널을 통해 율반에 들어간다 해도 율반과 라이풍 사이에는 대광(가상의 나라)이 막아서고 있는데 라이풍 견제가 수월할까?"

"대광이 막아서고 있다 해도 라이풍과 수랑 간의 군사적 거리가 크게 짧아지기 때문에 우리 안보가 매우 위험해집니다."

"결국 율반이 문제구만."

잠시 둘 사이에 침묵이 흐른 뒤 국장이 작심한 듯이 물었다.

"단도직입적으로 말해주시오. 어떡하면 좋겠소?"

부하도 머뭇거리지 않고 바로 대답한다.

세상을 바꾼 호신용 스프레이

"문제의 원천을 잘라내야 합니다. 나머지 대중요법은 미봉책에 불과합니다."

"무슨 말이오?"

"국장님, 이전의 율반 정부가 우리를 위협한 적이 없었잖습니까? 마원일이 집권한 뒤 180도 바뀐 겁니다. 율반의 위협은 마원일 때문에 생긴 것이지, 환경 탓으로 볼 수 없습니다."

"그건 맞는 말이지."

"더구나 마원일은 사석에서 라이퐁을 제일 싫어한다고 말할 정도로 반 라이퐁 성향이 강합니다"

"그렇다면?"

"마원일을 드롭(Drop)시키지 않으면 위협이 해소될 수 없다고 판단합니다."

그러자 국장은 정색을 하고 부하를 힐난했다.

"귀관, 지금 무슨 말을 하고 있는지 알고나 하는 말인가?"

"왜 모르겠습니까. 하지만 안보와 국익을 생각한다면 처방은 그 길밖에 없다고 생각합니다."

국장의 얼굴이 시멘트처럼 굳어졌다.

"결론을 말하겠소. 귀관의 건의를 받아들이지 않겠소."

부아가 치민 부하도 국장을 똑바로 바라보며 되물었다.

"상부의 뜻으로 받아들여도 되겠습니까?"
"그만 나가보시오."

돌아서 나가는 부하의 등에 대고 국장이 소리쳤다.

"경거망동해선 안 됩니다. 명심하시오."

세상을 바꾼 호신용 스프레이

라이퐁 보안부 요원의 분노

◐○○○◑

건의를 퇴짜 맞고 사무실로 돌아온 당순원(唐淳元) 중좌는 미칠 것 같은 분노를 느꼈다.

"나라가 위태로운 현실을 보고도 저렇게 관료주의에 빠져 무사안일할 수 있는 건가?"

분을 삭이지 못한 그는 책상을 내리치며 푸념을 쏟아냈다.

"몇 해 전에 칠룡의 우스틴 총통이 반 아리카 노선을 걷자 위협을 느낀 아리카는 친 아리카 장교들에게 쿠데타를 사주하여 우스틴을 죽이고 우파 정권을 세웠어. 국제적 비난이 쏟아졌지만 아리카의 안보는 안전해졌어."

그의 분노는 어느덧 라이퐁 상층부를 향했다.

"안보를 위해선 아리카도 물불을 가리지 않는데 사회주의 강국을 건설해 세계를 이끌어가겠다는 우리 라이퐁이 좌고우면하면서 유약한 모습을 보이다니, 정말 실망이다."

그는 격한 감정을 이기지 못하고 울다가 웃다가 하며 한참을 책상에 엎드려 있었다.

그로부터 얼마간의 시간이 지나고 분노가 수그러들자 차분하게 생각을 정리하기 시작했다.

한동안 깊은 생각에 잠겼던 그가 갑자기 벌떡 일어나서 소리쳤다.

"바로 그거야. 나 혼자라도 해내고 말겠어."

그리고는 율반에서 활동하는 공작원들의 인물 카드를 금고에서 꺼내 하나씩 살피기 시작했다.

공작원이란, 보안부의 정식 요원은 아니지만 요원의 지휘 아래 활동하는 에이전트를 말한다.

당순원은 율반 정보를 총괄하고 있어 율반에서 활동하는 공작원들의 면면을 파악하고 있었다.

당순원이 카드를 한 장씩 넘기다가 갑자기 멈췄다.

그의 앞에는 여성 공작원 주취란의 인물 카드가 펼쳐져 있었다.

가명: 주취란(周翠蘭)

본명: 호란주(胡蘭珠)

- 훈족, 호조성 상동 출신

- 활동 거점: 율반

- 여성, 23세, 미혼, 신장 165센티, 중상위급 용모, 적극적인 성격

- 기독교 신자, 율반어 능통

- 아버지는 훈족으로 현직 교사, 어머니는 율반족

- 2019년 공작원 채용, 6개월 교육 후 율반에 파견

- 율반 ○○대학 4학년 재학 중, 위장조직 '무속 비교 연구소' 비상근 근무

- 충성심 투철, 율반 내 종교 및 학원 정보 수집 실적 양호

- 율반에 유학 온 율반족(吉亨魯, 24세, 신학대학원 1학년)과 연인관계

당순원의 얼굴에 미소가 떠올랐다.

만족감을 드러낸 당순원은 주취란을 핸들링하고 있는 공작관 류소태(劉少太) 소좌를 불렀다.

류소태는 당순원보다 더 열렬한 국수주의자로 6년째 당순원을 보좌하고 있는 심복이다.

"율반에 나가 있는 주취란이 일 잘하고 있나?"

"정기 보고와 수시 보고 모두 최상급입니다. 사생활 잡음도 전혀 없습니다."

"애인이 있다면서?"

"율반족인데 율반에서 신학대학원에 다니고 있습니다."

"그 율반족의 구체적인 신상 정보가 있나?"

"파악해서 보고드리겠습니다."

조금 뒤 류소태는 길형로에 관한 정보를 파악해 당순원에게 보고했다.

"주취란의 애인은 어머니가 무속의 꾐에 빠져 가출했다가 자살한 것을 계기로 무속에 대한 원한이 사무친 인물입

니다. 목사가 돼 무속을 때려잡겠다며 신학대학원에 진학해
재학 중입니다."

당순원은 쾌재를 불렀다.

"진흙 속에서 진주를 찾은 기분이 이런 걸까?"

거사(擧事) 기획

◖◗◖◗◗

다음날.

사무실에서 허공을 응시하던 당순원이 주먹을 불끈 쥐었다.

"최소의 비용으로 최대의 효과를 거두겠어."

그리고 종이 위에 메모를 한다.

단독 → 무속 → 스프레이 → 약한 상대 → 혼란 → 낙마
→ New

곧이어 심복 류소태를 불렀다.

"주췌란 공작원을 극비리에 불러들여. 율반의 우리 대사관에도 알려선 안 돼."

"주췌란을 이리로 데려옵니까?"

"귀관이 공항에서 만나 미션을 시달하고 바로 돌려보내."

"미션을 내려주십시오."

당순원은 잠시 숨을 고른 뒤 따뜻한 톤으로 말을 건넨다.

"어이 류소태, 나하고 얼마나 같이 일했지?"

"6년 정도 된 것 같습니다."

"그럼 내 말귀를 잘 알아듣겠네?"

"물론입니다. 무슨 말씀이라도 다 알아듣습니다."

"어제 상부에 올린 보고서 읽어 봤지?"

"저도 보고서 작성에 참여했기 때문에 내용을 숙지하고 있습니다."

"그렇다면 율반이 우리에게 위협적이라는 데 공감하겠구만."

"더 이상 좌시하면 위험하다고 생각합니다. 문제는 마원일 수상입니다."

"그런데 어제 국장님께 그냥 둬서는 안 된다고 했더니 일언지하에 거부당했어."

"그건 너무 안일한 태도 아닙니까? 안보를 책임지는 보안부가 그런 사고를 해선 안 되죠."

"솔직히 내 생각은 당장이라도 마원일을 엎어버리고 싶어."

"저도 동감입니다."

"그런데 국장이 브레이크를 거니까 어쩔 수 없는 것 아닌가."

"치명적인 위협 요소를 그냥 둔다는 것은 직무유기, 아니 반국가적인 범죄 아니겠습니까?"

"귀관의 충정은 이해하지만 현실적으로 방법이 없지 않은가."

"차선책이라도 강구해야죠. 어떤 결정을 내리든 따르겠습니다."

"좋은 아이디어가 있으면 솔직히 말해보게."

"먼저 말씀해 주십시오. 무조건 따르겠습니다."

당순원은 류소태가 자기를 전폭적으로 지지하고 있다는

것을 확인하고는 본심을 꺼냈다.

"여덟 개 원칙 아래 움직인다."

"여덟 개 원칙이요?"

"첫째, 최종 목표는 마원일 드롭(Drop)이다. 그러나 1차 목표는 공작새다."

"공작새라면, 마원일 부인 손미령 말입니까?"

"마원일을 바로 치는 것이 어려운 만큼 그보다 수월한 차선책을 택하는 거야."

"공작새가 쓰러지면 마원일이 타격을 받을까요?"

"공작새가 무너지면 정치·사회적인 대혼란이 닥칠 거고 무기력해진 마원일은 갈팡질팡하다가 스스로 드롭할 수밖에 없지 않을까? 공작새 없는 마원일은 팥 없는 호빵에 불과해."

"결국 스리쿠션으로 마원일을 치는 거군요."

"율반에 있는 라이퐁 국적의 율반족들이 대거 혼란에 가세하면 마원일은 무너질 수밖에 없어."

"기막힌 묘수입니다."

"둘째, 최소의 비용을 들여 우리끼리 움직인다."

"상부의 허락 없이 최소한의 인원으로 결행한다는 뜻입니까?"

"많은 인원이 참여하면 비밀이 새어 나가고 책임소재도 흩어져서 실패할 확률이 높아."

"그래도 지휘계통이 서 있어야 제대로 돌아가지 않겠습니까?"

"본관이 지휘한다."

"따르겠습니다."

"셋째, 연결고리를 완벽하게 은닉한다."

"차단의 원칙을 철저히 지키라는 말씀이시죠?"

'그렇지. 주취란을 여기로 데려오지 말고 공항에서 만난 뒤 돌려보내라고 한 이유를 알겠지?"

"지금까지도 주취란과의 연결고리는 저밖에 없습니다."

"넷째, 무기를 사용하지 않는다."

"그럼?"

"호신용 스프레이를 사용한다."

"왜 하필 스프레이입니까?"

"쉽게 구할 수 있는 데다, 손바닥 안에 들어올 정도로 자그마해서 거사에는 제격이지."

"살상력이 없는 스프레이로 목적을 달성할 수 있겠습니까?"

"스프레이 약재는 고추, 겨자, 냉이의 매운맛 성분으로 만들어지기 때문에 살상력이 없지만 약재 속에 독극물이 들어있다면 얘기가 달라지지."

"스프레이 약재에 독극물을 주입해서 분사하면 치명률이 90% 이상으로 높아질 겁니다."

"다섯째, 최종 실행자는 주취란의 애인으로 하고, 주취란이 그를 포섭해서 훈련시킨다."

"주취란의 애인을 실행자로 정한 이유가 있습니까?"

"주취란 애인이 무속에 원한이 맺혀 있잖아. 때마침 율반에서는 공작새와 무속의 유착설이 파다해. 때문에 무속을 설치게 만든 공작새에 대한 비난이 아주 높아. 이만하면 주취란 애인이 적개심을 가질 만하겠지? 더구나 율반족은 율반 국민과 똑같이 생겨서 작업하기가 쉬워."

"무속에 대한 적개심을 이용해 거사를 부추기라는 거죠?"

"바로 그거야. 설득하기에 따라서는 의외로 쉬운 방식일 수 있어."

"주취란에게 애인을 포섭하고 훈련시키는 일을 맡겨도 해낼 수 있겠습니까?"

"지침만 내리고 나머지는 주취란에게 맡겨둬. 충분히 해낼 수 있을 거야. 이제야 밝히지만 주취란은 공산당 비밀당원이야. 사회주의적 멘탈이 누구보다 강해."

"알겠습니다."

"여섯째, 결행 시기는 12월 초순쯤 상황을 봐가며 정한다."

"12월에 하려는 특별한 이유라도?"

"실행자를 포섭하고 거사를 준비하는 데 최소한 3개월은 걸릴 테니까. 또 그때쯤이면 율반 사회도 연말 분위기가 시작되고 서서히 나사가 풀릴 시기지."

"3개월 정도 훈련시키면 충분할 것 같습니다."

"일곱째, 거사 장소로는 공작새가 시장과 같은 다중 집합 장소를 방문할 때를 고려한다."

"시장은 옥외에 있기 때문에 거사가 비교적 쉬울 것 같습니다."

"여덟째, 거사 참여자는 이 시간 이후부터 거사와 관련한 일체의 기록을 남겨선 안 된다."

"참여자는 중좌님, 저, 주취란, 그리고 실행자까지 전부 4

명밖에 없습니다."

"앞으로 귀관과 주취란은 추적이 불가능한 특수 전화기를 이용해 연락을 취한다. 주취란과 애인도 거사와 관련한 휴대전화 문자, 녹음, 메모, 일기 등 어떤 형태의 기록도 남겨선 안 돼."

"명심하겠습니다. 주취란이 들어오면 철저히 교육시키겠습니다."

시동을 거는 취란

◖◯◠◯◗

8월 25일.

새벽부터 세차게 내리던 비가 잠시 소강상태인 것 같다.

창문을 활짝 열고 선풍기까지 켰는데도 무덥다.

형로는 올봄에 신학대학원에 입학하면서부터 학교에서 가까운 이곳에서 살고 있다.

더위를 잊으려고 게임기를 막 켜려는데 애인 취란이 찾아왔다.

"연락도 없이 웬일이야?"

"바람피우는지 보려고 기습했지요."

"결백이 증명돼서 다행이네."

둘은 깔깔대며 다정하게 껴안는다.

"취란아, 어제는 어디 갔었어? 전화도 받지 않고."

사실 어제 취란은 라이퐁으로 가서 본부의 공작관 류소
태에게 미션을 시달받고 돌아왔다.

"응, 몸이 안 좋아서 종일 누워있었어. 휴대전화 배터리가
나간 줄도 몰랐고. 미안해."

함께 점심을 먹고 나니 다시 비가 오기 시작한다.
굵은 빗줄기가 쏟아지니까 날씨가 시원해졌다.
휴가철이라 오늘은 형로가 전도사로 근무하는 교회에 출
근하지 않아도 된다.
그렇다고 외출하기엔 비가 너무 많이 온다.
"뭘 할까?" 하고 궁리하는데 취란이 뜻밖의 제안을 한다.

"오빠, 우리 술 마실까?"
"낮부터 술?"

"비가 오니까 술이 당기네."

"혹시 할 말 있는 거 아냐? 맨정신으론 하기 어려운."

"나가서 술 사 올게. 백주(白酒) 오케이?"

취란이 술을 사 왔다.

이런저런 얘기를 나누며 마시다가 취기가 돌자 취란이 본론을 꺼냈다.

"실은 상의할 일이 있어서 들렀어."

"무슨?"

잠시 뜸을 들이던 취란이 갑자기 목소리를 높여 항변하듯이 외쳤다.

"무속인이 나랏일에 개입하다니. 그러고도 율반이 문명국이라고 할 수 있나?"

뜬금없는 말에 놀란 형로가 되물었다.

"무슨 말을 하는 거야?"

취란은 형로가 흥분하며 맞장구칠 줄 알았다.

왜냐하면 형로가 무속인을 증오하고 있는 데다, 얼마 전 율반에서 무속인의 국정 개입을 둘러싼 논란이 한바탕 일어났었기 때문이다.

하지만 예상과 달리 형로의 반응이 덤덤하다.

사실 형로는 취란이 무슨 말을 하는지 이해가 잘 안 갔다.

학업과 전도사 일을 병행하며 시간을 뺏기다 보니 세상 일에 둔감할 수밖에 없었기 때문이다.

형로의 반응에 실망한 취란은 질 수 없다는 듯이 더욱 소리를 높였다.

"오빠, 러시아 역사 알고 있지?"

"조금 알지."

"제정 러시아 때 무속인 라스푸틴이 괴력으로 왕실을 조종하다가 민심이 돌아서고 결국 프롤레타리아 혁명이 일어나 왕실이 무너졌었잖아."

"………………………"

"그런데 율반에도 무속인이 나랏일을 좌우하는 기막힌 일이 벌어지고 있어."

형로는 깜짝 놀랐다.

"누군데 그 무속인이?"

"한두 사람이 아닌 것 같아. 드러난 것만 해도 세 사람이야."

"세 사람씩이나? 대체 어떤 일에 개입하는 건데?"

"오빠는 아무리 라이퐁 국민이라지만 율반 뉴스도 안 보고 사나? 세상이 다 아는 일인데."

말문이 막힌 형로가 잠시 뒤 갑자기 생각 난 듯이 물었다.

"누군가 뒤를 봐주는 사람이 있으니까 무속인도 설칠 수 있는 것 아니겠어?"

"......................"

취란이 아무 말도 하지 않자 형로도 더 이상 알고 싶지 않았다.

다만 증오하는 무속인들이 제 세상 만난 듯 설친다고 생각하니 분노가 치밀 뿐이었다.

그때 취란이 소리쳤다.

"그냥 두면 무속인들이 율반을 결딴낼지도 몰라."

하지만 형로는 취란의 말을 액면 그대로 믿기 어려웠다.

왜냐하면 형로가 무속을 증오한다는 것을 아는 취란이 형로의 비위를 맞추려고 사실을 과대 포장했을지 모른다는 의구심이 들었기 때문이다.

"취란아, 혹시 나 듣기 좋으라고 무속 얘기 부풀린 것은 아니지?"

"사실대로 전했을 뿐이야, 하지만 목적은 분명히 있어."

"어떤 목적?"

"오빠, 오빠의 염원이 무속인을 물리치는 거잖아."

"그건 맞아."

"무속인이 악한 영에게 사로잡혀 있다는 것을 오빠는 믿고 있지?"

"믿고말고. 내가 목사가 되려는 것도 예수의 능력으로 악한 영을 물리치기 위해서야."

대화에 진도가 나가자 자신감을 얻은 취란이 불쑥 새로운 주제를 꺼낸다.

"오빠, 하나님이 내리신 절호의 기회가 왔다는 생각은 안 해봤어?"

"뜬금없이 무슨 말이야?"

"무속인이 망친 것은 오빠의 엄마만이 아니야. 무속인이 활개치면 선량한 사람은 고사하고 나라까지 넘어뜨릴 수 있어. 율반의 현실이 그걸 보여주고 있잖아."

형로는 취란의 말이 너무 세다고 느꼈다.

"취란아, 너무 나가는 것 아니니?"

"오빠, 똑바로 들어봐. 나랏일에 무속이 개입하면 그건 신정(神政)국가와 다름없어. 21세기 문명국가에선 있을 수 없는 일이지. 국기(國基)를 흔드는 일이라고."

그러자 형로는 정색을 하고 맞받았다.

"취란아, 내가 율반족이지만 율반의 국내 문제를 걱정하고 싶지는 않아. 내 국적은 라이퐁이야."

취란도 지지 않고 대들었다.

"율반만의 문제가 아니야. 무속인들이 설치는 것을 버려둔다면 우상과 귀신을 숭배하지 말라는 하나님의 계명을 거스르는 죄악일 수 있어."

취란이 너무 열을 내는 바람에 형로는 슬며시 짜증이 났다.

"도대체 어떡하란 얘기야. 무속인을 깨부수기라도 해야 한다는 건가?"

그러자 얼굴이 굳어진 취란이 형로를 향해 경고를 던졌다.

"오빠 같은 목회자가 나서지 않으면 하나님으로부터 무서운 징계를 받을 수 있어."

하나님의 징계를 받는다는 말에 형로가 화들짝 놀라 되물었다.

"나서다니? 누구를 향해?"

취란이 차분하게 설명하기 시작한다.

"적의 공격을 받으면 적이 공격을 시작한 원점을 타격하라는 말 들어봤지?"
"그래서?"
"원점이 파괴되면 공격도 그치기 마련이야. 때문에 중요한 것은 무속이 설치도록 자리를 깔아주는 원점을 찾아 부수는 일이야."
"원점이 누군데?"

취란은 즉답을 하지 않고 형로를 빤히 처다본다.

"누구냐니까?"

형로가 재촉하자 그제야 취란은 또박또박 한 자씩 이름을 댄다.

"공·작·새. 화려한 깃털을 뽐내는."
"공작새라고?"
"그 사람 관상이 공작새 관상이래."

형로는 공작새가 누구인지 짐작하고는 온몸에 전율을 느꼈다.
그리고 더 이상 대화를 나누고 싶지 않았다.

"오늘은 그만하자. 술을 먹었더니 졸리네."

형로가 누워 잠을 청하자 취란도 옆에 누워 형로의 귀에 대고 나직하게 얘기한다.

"꼭 오빠가 나서야 해. 그것이 하나님을 기쁘게 해드리는 길이야."

형로는 자는 척한다. 눈을 감으니 무속인에게 꼬임을 당해 인생을 망친 어머니가 생각나서 눈물이 났다.
우연의 일치일까?
바로 그때 취란이 형로 어머니를 떠올리는 말을 한다.

"무엇보다 어머니의 한을 풀어드려야 하지 않겠어?"

그 말을 듣자 형로의 가슴에 울분이 치솟아 자기도 모르게 벌떡 일어나 앉았다.

"어머니의 한을 풀 수 있다면야 뭐라도 해야겠지."

하지만 이내 마음을 다잡는다.

"하지만 공작새를 치는 일은 아닌 것 같아. 절대 못 해."

세상을 바꾼 호신용 스프레이

취란은 형로가 완강하게 거부하자 오늘은 이쯤에서 멈추
는 게 좋겠다고 생각했다.

형로의 고민

〇〇〇〇〇

8월 26일.

형로가 저녁 식사를 하려는데 어제 왔던 취란이 또 왔다.

"오빠, 치킨하고 백주 사 왔어."

시장하던 차에 백주를 곁들여 배불리 먹고 나니 한결 마음이 느긋해졌다.

술이 얼큰해지자 취란이 본론을 꺼냈다.

"오빠 고민 많이 했지?"

"……………………."

"오빠. 당장 결심하란 것은 아니야. 좀 더 시간을 두고 함께 고민해보자. 응?"

"아무리 꼬셔도 절대 안 한다. 다시는 꺼내지 마."

그런다고 물러날 취란이 아니다.

"오빠는 하나님으로부터 거룩한 사명을 받았어. 지금 무속이 설치는 것도 오빠로 하여금 그들을 치게 하려고 하나님께서 역사(役事)하시기 때문이야."

그래도 형로는 무반응이다.

"오빠의 때가 왔어. 사명을 회피하는 것은 하나님을 거역하는 죄악이라는 걸 알아야 해."

취란은 최후 통첩하듯이 말을 던지곤 돌아갔다.
취란이 돌아간 뒤 형로는 밤을 꼬박 새우며 갈등했다.

"취란이 갑자기 나를 꼬드기는 진짜 이유가 뭘까? 이미 각본이 짜여있는 드라마에 내가 강제 동원되는 것은 아닐까? 라이풍은 사회주의 국가인데… 그렇다면 발버둥 쳐도 피하기 어렵겠지?"

"어머니의 원한을 갚는 일이라고? 내가 생각해 온 방식은 신앙의 힘으로 무속을 물리치는 것이지 물리력으로 치려는 것은 아니야."

"하나님의 뜻이라고? 사명을 감당해야 한다고? 왜 하필 내게 무거운 짐을 내리실까?"

"목사 지망생인 내가 거역한다면 하나님이 벌을 주시려나?"

"다른 사람도 아니고 공작새를 친다는 것은 극형 깜 아닌가? 현장에서 붙잡혀 내 인생은 종을 치겠지."

보안부 요원의 핸들링

∩○∩○⊃

9월 4일 오전.

라이퐁 최고 보안부의 류소태가 특수전화기로 율반에 있
는 주취란 공작원과 통화를 한다.

"주 동지, 잘 되고 있죠?"

"조만간 결말을 내겠습니다."

"전번에 공항에서 시달한 미션은 우리 조국의 중차대한
과업입니다. 반드시 성공해야 합니다."

"명심하겠습니다."

"다섯 개의 미션을 추가로 시달하겠소."

"말씀하십시오."

"첫째, 실행자에게는 호신용 스프레이로 겁만 주는 것이라고 안심시키세요. 독극물을 사용한다는 사실을 절대로 노출해선 안 됩니다.

둘째, 호신용 스프레이는 실행자가 직접 독일제 검은색 ZENITH 신형으로 구입하도록 하세요. 율반에서 쉽게 구할 수 있는 상품입니다.

셋째, 구입한 스프레이는 거사 직전에 실행자 모르게 독극물이 든 같은 종류의 스프레이와 바꿔치기합니다. 바꿔치기할 스프레이는 뒤에 보내 주겠소.

넷째, 거사 동기는 공작새와 무속의 유착에 격분하여 일으킨 것으로 합니다. 실행자가 거사 동기를 직접 작성토록 합니다. 거사 당일에 실행자 주머니에 보관하고 있다가 거사 후 세상에 알려지게 해야 합니다.

다섯째, 실행자를 공작새 팬 카페에 가입시켜 열성 회원으로 활동시키세요. 공작새가 참석하는 모임에도 빠짐없이 참가시켜 공작새와 경호원들의 눈에 친숙하게 만들어야 합니다"

형로의 결심

⌒○⌒○⌒

9월 5일 저녁.

취란이 형로를 매일같이 찾아와 설득한 지 열흘이 지났다.

"오빠, 이젠 마음을 정할 때도 됐잖아. 솔직히 말해줄 수 없어?"

한동안 침묵하던 형로가 무겁게 입을 연다.

"마음이 정리가 되긴 됐어."

"어머, 정리가 됐구나."

"신앙적으로는 받아들일 수도 있어. 하지만 사람을 해치면서까지 행동할 생각은 없어."

그 말을 들은 취란이 갑자기 손뼉을 치며 배를 잡고 웃는다.

"오빠가 큰 오해를 하고 있구나. 공작새를 해치려는 게 아니고 겁만 주려는 거야."

"겁만 준다고?"

"호신용 스프레이는 사람을 해치지 않아. 따가운 고통만 줄 뿐이지 살상력이 전혀 없어."

형로의 안색이 밝아지며 말이 많아졌다.

"호신용 스프레이를 사용한다고? 그것 가지고 목적을 이룰 수 있나?"

"오빠, 우리의 목적이 무속을 못 설치게 만드는 거잖아. 그런데 공작새가 봉변을 당하면 세계적인 뉴스가 되겠지? 뒤이어 공작새와 무속의 유착을 비난하는 여론이 비등하겠지? 그러면 공작새가 무속을 멀리하겠지? 결국 무속이 설치는 일은 사라지겠지?"

형로가 취란의 말을 듣고 보니 일리가 있어 보였다.

하지만 여전히 불안한 생각이 떠나지 않았다.

"해치지 않는다 해도 다른 사람도 아닌 공작새를 건드리는데 중벌을 받을 것 아닌가?"

취란은 그 말을 듣고 형로를 안심시키려고 자기도 잘 모르는 내용을 말했다.

"만에 하나 스프레이를 뿌려서 부상을 입힌다 해도 가벼운 처벌만 받는대. 살상력 자체가 없으니까. 치한 퇴치용으로 흔히 사용하지만 처벌받았다는 얘기는 듣지 못했어."

형로의 마음이 조금씩 흔들리기 시작했다.
때를 놓치지 않고 취란이 거부하기 어려운 미끼를 던졌다.

"이번 일을 치르면 오빠는 무속을 응징한 용기 있는 목회자로 우뚝 설 거야. 기독교 역사에 한 페이지를 장식하게 되지. 어머니의 한을 풀어드리는 아들의 도리도 다하게 되고."

그래도 형로는 확신이 들지 않았다.

"내가 무슨 재주로 그런 엄청난 일을 벌일 수 있겠어?"
"걱정하지 마, 하나님이 도와주실 거니까. 나도 거들게."

형로는 괴로워서 머리칼을 움켜쥐며 탄식했다.

"아, 미치겠다. 내가 왜 이런 십자가를 져야 하는지…."

취란은 형로의 결심이 가까워진 것을 느끼자 형로를 껴
안고 울부짖었다.

"하나님. 나약한 저희들에게 힘을 주소서. 하나님이 도와
주시지 않으면 아무것도 할 수 없습니다. 사명을 온전히 감
당할 수 있도록 지혜와 능력을 주소서."

그러자 형로도 덩달아 울부짖는다.

"무거운 십자가를 지고 갈 때, 하나님. 동행하여 주소서."

취란의 번민

∩○∩○ɔ

취란은 어렵사리 형로의 결심을 받아냈지만 죄책감 때문에 괴로웠다.

"사랑하는 사람을 사지(死地)로 내몰다니. 그것도 겁만 주는 거라고 속여서까지. 뒷날 천국에서 무슨 낯으로 오빠를 볼까?"

문득 명령에 복종해야 하는 공작원이 된 것이 후회스러웠다.

"누가 공작원이 되고 싶어 됐나? 율반어를 잘한다는 이유로 강제 징발됐을 뿐이지."

후회가 들수록 이름도, 가족도, 과거사도 다 묻어버리고 조국에 충성하는 자신이 서글퍼졌다.

취란은 율반에 파견된 후 4년 동안 대학, 교회, 무속연구소를 오가며 율반의 종교 학원 정보를 수집하고, 때로는 라이퐁을 지원하는 여론 공작에도 가담해 양호한 성과를 거뒀다.

때문에 유능한 공작원으로 포상도 받고 졸업 후에는 아리카 파견을 보장받기도 했다.

자신감에 취한 취란은 스스로를 전도유망하다고 생각해 왔다.

하지만 거사를 앞두고는 미래가 암울할 것 같다는 예감을 지울 수 없었다.

"오빠와 내가 거사와 관련한 흔적을 지운다 해도 빈틈이 생기기 마련이지. 오빠가 입을 열 가능성도 부인할 수 없고. 그렇다면 내가 거사를 사주한 사실이 드러날 수밖에 없을 거야."

더구나 형로는 독극물이 든 스프레이를 사용하게 되어

있다.

"거사가 성공하든 실패하든 오빠는 극형을 받을 거고, 교사범인 나도 마찬가지고."

고심하던 취란은 상부에 유사시 어떻게 처신해야 할지 지침을 받고 싶었다.
하지만 유일한 연결고리인 류소태와는 더 이상 연락이 닿지 않았다.
취란은 왠지 모르게 불길한 생각이 들었다.

"나와 오빠만 광야에 던져 놓고 윗선에서는 손을 빼려는 것이 아닐까?"

생각이 거기까지 미치자 오기가 생겼다.

"선량한 인민이 속임수에 넘어가 죽어 가는데 미션을 내린 상부가 모른 척을 해? 그렇다면 나도 살길을 찾는 수밖에 없지."

하지만 뾰족한 아이디어가 떠오르지 않았다.

결행을 포기하면 반역자가 되고, 거사를 치루면 저세상에 갈지도 모르는 딜레마에 빠진 취란의 고민이 깊어갔다.

그러던 어느 순간 번쩍하고 묘수가 떠올랐다.

"오빠에겐 미안하지만 두 마리 토끼를 잡을 거야. 거사도 하면서 나도 사는 길을 택하겠어."

그때부터 취란은 거사를 치룬 직후 몰래 라이퐁으로 빠져나갈 준비에 들어갔다.

"무단 귀국하는 죄는 달게 받겠어. 그래도 여기서 죽는 것보다는 낫겠지."

세상을 바꾼 호신용 스프레이

거사 준비

∩○∩○⊃

막상 결심을 하고 보니 형로의 마음이 후련해졌다.

"팔자소관이라고 편하게 생각하자. 하나님의 종이 될 사람이 거쳐야 할 관문으로 받아들이자."

죄책감으로 번민하던 취란도 기왕에 형로의 결심이 선만큼 마음을 단단히 먹기로 했다.

준비가 착착 진행되었다.

맨 먼저 형로가 공작새 팬 카페에 가입했다.

자신을 신학대학원 학생으로 목사 지망생이라고 소개하자 쉽게 가입이 허락됐다.

그로부터 형로는 왕성한 카페 활동을 벌인다.

모임에는 100% 출석하고 그때마다 열성적으로 공작새 칭송 발언을 했다.

SNS 활동도 열심히 했다.

공작새가 참석하는 행사마다 말쑥한 차림으로 꽃다발과 깃발을 들고 나타나 공작새와 경호원들에게 인상적인 모습을 보여줬다.

얼마 뒤 형로는 카페 회원들 사이에 스타가 돼 있었다.

어느 순간부터는 형로를 아는 척하는 경호원까지 생겼다.

그 사이 형로는 인터넷으로 독일제 검은색 ZENITH 신형 스프레이를 구입했다.

취란과 함께 밖으로 나가 버튼을 눌러보니 분사 거리가 5미터 정도 되고 매운맛이 강렬했다.

"이 정도면 겁을 먹을 만하겠군."

형로가 흐뭇하게 스프레이를 바라보는데 취란이 물었다.

"오빠, 스프레이를 어디다 숨기고 행동할지 생각해 봤어?"

"숨긴다고?"

"오빠가 행사 때마다 갖고 다니는 꽃다발 뒤에 숨기는 게 좋겠어."

"살상력도 없는데 숨길 필요가 있을까?"

"그래도 경호원들에게 들키면 빼앗길 수 있어. 그러면 거사가 수포로 돌아가잖아."

그러면서 취란이 시범을 보인다.

"오른손으로 꽃다발을 잡은 뒤 손바닥 안으로 스프레이를 밀어 넣어. 그러면 꽃다발에 가려서 스프레이가 보이지 않게 돼."

형로가 시키는 대로 해보니 감쪽같이 스프레이가 숨겨졌다.

"거사할 때는 적어도 3미터 반경 이내까지는 접근해야 해."

"그리고는?"

"꽃다발을 두 손에 잡고선 두 팔을 쭉 뻗으라구. 꽃다발을 전할 것처럼."

형로가 "이렇게?" 하며 시키는 대로 해본다.

"그리고는 두 손에 잡고 있는 꽃다발을 왼손으로 옮겨."
"이렇게?"
"동시에 오른손에 쥐고 있는 스프레이 버튼을 눌러야 해."
"오, 전문가 뺨치는 솜씨구나."

그때부터 형로는 스프레이를 벽장 속에 넣어두고 틈나는
대로 연습을 했다.
형로가 카페에 가입한 지 3개월 가까이 지난 11월 29일.
공작새 팬 카페 모임에서 어느 여성회원이 발언을 신청
했다.

"여사님이 곧 샤방 시장을 방문하신다고 하는데 우리가
응원해야 하지 않을까요?"

회장이 되물었다.

"누가 그럽디까?"

"믿을 만한 분한테 들었어요."

"확인해 보겠습니다."

다음날 휴대전화 문자로 공지가 떴다.

"12월 3일 10시 실론역 광장. 버스 2대. 14시 샤방 시장."

형로가 즉각 취란에게 연락했다.

"날짜가 잡혔어. 12월 3일 오후 2시 샤방 시장이야."

"회원들과 함께 가는 거지?"

"10시에 실론역 광장에서 전세 버스로 간대."

취란은 즉각 본부의 공작관 류소태 소좌에게 연락을 취했다.

그동안 연락이 끊겼었는데 웬일인지 연락이 이뤄졌다.

"12월 3일 14시에 결행하겠습니다."

"알겠소. 스프레이는 모레, 12월 2일 정오 요셉 성당 정문에서 인편으로 전달하겠소."

"거사 후 저는 어떻게 할까요?"

"나중에 지침을 내리겠소."

세상을 바꾼 호신용 스프레이

비정한 스파이 세계

●○●○○

11월 30일 오후 라이풍의 최고 보안부.

당순원과 류소태가 침통한 얼굴로 대화하고 있다.

"어이 류소태. 우리는 아직 애송이들 같아."

"갑자기 무슨 말씀이십니까?"

"조금 전에 국장이 불러서 갔더니 '디데이가 정해졌다면서?'라고 하잖아."

"예? 어떻게 알았을까요?"

"귀관과 주취란의 통화를 도청한 것 같아."

"면목 없습니다."

"상부는 거사에 찬성하면서도 아닌 척하며 우리를 지켜봐 온 것 같아."

"우리가 상부의 손바닥 안에 놀아나고 있었군요."

"우리 두 사람의 애국적 열정을 이용해 손 안 대고 코 풀고 있는 셈이지."

"앞으로 어떡해야 합니까?"

"안 그래도 국장이 지침을 내렸어."

"설마 거사 중단은 아니겠죠?"

잠시 침묵하던 당순원은 "잘 들어." 하더니 무겁게 입을 열었다.

"거사가 성공하든 실패하든 거사 직후 주취란을 제거하라고 했어."

주취란을 핸들링하고 있는 류소태는 깜짝 놀랐다.

"무슨 이유로요?"

"최고 보안부가 개입한 흔적을 말끔하게 없애려는 거 아니겠어?"

그러자 부아가 치민 류소태가 목소리를 높여 항변했다.

"이래가지고 공작원들을 부려 먹을 수 있겠습니까?"

하지만 사무적인 응답이 돌아왔다.

"대의를 위해선 어쩔 수 없어. 차질 없이 이행하도록."

얼마 뒤 류소태는 무술에 능한 공작원 K를 호출했다.

이스라엘 무술인 카리브마가의 고수인 K는 율반족으로, 중동의 라고순 내전에 용병으로 참전해 맨손 킬러로 용맹을 떨친 뒤 3년 전 공작원으로 채용됐다.

율반에서도 1년간 일한 적이 있어 율반의 지리에 밝았다.

"율반으로 가서 모레 12월 2일 정오 요셉 성당 정문에서 여성에게 스프레이를 전하시오."

"접선 신호를 알려 주십시오."

"여성은 165센티 신장에 청바지와 검은 정장 상의를 착용하고 있소. 귀관이 "사랑" 하면 상대는 "이별"이라고 할 거요"

"스프레이는 어디에 있습니까?"

"이미 외교파우치 편으로 율반의 우리 대사관에 보내놨소. 대사관으로 가서 안전부 요원 A를 만나 수령하시오, A에겐 연락을 해 놓았소."

"그리고는 바로 들어옵니까?"

류소태는 취란의 주소와 전화번호가 적힌 메모지를 건네며 다른 지침을 내렸다.

"12월 3일 오후, 스프레이를 건네준 여성을 처리하시오."

"다른 지침은 없습니까?"

"임무를 마치면 지체 없이 복귀하시오."

거사 전야(前夜)

◔◑◔◐◑

12월 2일, 거사 하루 전이다.

취란은 12시에 요셉 성당 정문에서 스프레이를 전해 받고 형로의 집으로 향했다.

마침 형로가 외출하려고 나서고 있었다.

"어디 가?"

"꽃다발 사려고. 내일 들고 갈."

형로가 꽃다발을 사러 간 사이에 취란은 벽장 속에 있는 스프레이를 꺼내고, 그 자리에는 본부에서 보낸 스프레이를 놓아뒀다.

스프레이에 독극물이 들었다고 생각하니 속아서 사지(死

地)로 뛰어드는 형로가 너무 불쌍했다.

"오늘이 오빠의 마지막 날이 될지 모른다."

눈물이 주체하지 못하고 줄줄 흘러내렸다.

"오빠를 절벽으로 밀어 넣고는 나는 라이퐁으로 도망이
나 가려고 하고…… 나는 악녀야."

한동안 죄책감으로 괴로워하고 있는데 형로가 장미 꽃다
발을 사 들고 돌아왔다.
꽃다발에는 "손미령 여사님 사랑합니다."라는 글자가 적
힌 리본이 달려 있었다.

"오빠, 이번에도 장미꽃을 사왔네."
"공작새가 장미꽃을 좋아한다잖아. 행사 때마다 늘 장미
꽃다발을 들고 나갔어."

취란이 꽃다발을 받아 벽장 안에 있는 독극물 스프레이

와 나란히 두었다.

스프레이를 바라보던 취란은 혹시 연습으로 버튼을 누를 경우 참극이 벌어질 것이 걱정됐다.

"오빠, 내일 행동하기 전에는 절대 버튼을 눌려선 안 된다. 알았지?"

"누를 일도 없어."

"배터리만 소모되고 잘못하면 고장 날 수도 있으니까 절대로 누르지 마."

"누를 일이 없다니까."

함께 저녁을 먹고 나자 형로가 거사 동기를 적은 자술서를 취란에게 보여줬다.

자술서는 상부의 지침대로 적혀 있었다.

이제 남은 일은 최종 리허설이다.

형로는 수없이 반복해 온 거사 동작을 취란에게 보여 주었다.

취란은 흡족했다.

"오빠, 이제 사람이 할 수 있는 준비는 다 한 것 같아."

"이만하면 충분할까?"

"나머지는 하나님께 맡겨. 하나님의 사명을 감당하는데 당연히 도와주시지 않겠어?"

"그래도 두렵다."

"걱정할 필요가 없다고 몇 번 말했어. 그냥 겁만 주는 건데 뭐가 걱정이야."

"조금 떨린다는 얘기지. 잘 해낼게."

잠시 침묵이 흐른 뒤 취란이 입을 뗐다.

"오빠, 거사와 관련해 흔적을 남기지는 않았겠지?"

"어제도 샅샅이 훑어봤는데 경찰이 조사를 한대도 완전 무결해."

"만약 잡히면 뭐라고 하는지 알고 있지?"

"죽었다 깨도 나 혼자 한 일이야. 처벌도 별거 아니라며?"

울컥해진 취란이 형로의 뺨에 입을 맞추었다.

"오빠, 술 한잔 할까?"

마지막 밤을 뜻있게 보내고 싶은 취란이 진심으로 한 말이었다.
하지만 형로는 의외의 반응을 보였다.

"취란아, 오늘은 혼자 있고 싶어."
"뭐?"
"조용히 정신을 가다듬고 싶어. 그래야 일을 치를 수 있을 것 같아."

한동안 말이 없던 취란은 거사를 앞둔 형로의 심정을 이해하기로 했다.
하지만 마지막이라고 생각하니 발이 떨어지지 않았다.

"그렇다면 좀 더 있다 가도 되지?"

이번에도 형로의 냉정한 대답이 돌아왔다.

"아니. 지금 돌아가 줘, 부탁이야."

"진심이야?"

"내일도 일을 끝낸 다음에 연락하자."

문득 취란은 형로가 거사를 포기하려고 저러는가 하는 의구심이 들었다.

그래서 형로를 떠보려고 기도를 했다.

"우리 오빠 머리털 하나 상하지 않도록 눈동자처럼 지켜 주소서."

뒤이어 형로도 기도한다.

"사명을 잘 감당할 수 있도록 힘을 주소서."

그제야 취란의 마음이 놓였다.

"나도 마음을 굳게 먹어야지, 사사로운 정에 이끌릴 때가 아니야."

세상을 바꾼 호신용 스프레이

거사 결행

○●○●○

12월 3일 아침.

밤을 새우다시피 한 형로는 식사도 거른 채 꽃다발과 스프레이를 챙겨 실론 역으로 향했다.

안주머니에는 '나는 왜 분노하는가'라는 제목으로 거사 동기를 적은 자술서가 들어있었다.

실론 역에는 팬 카페 회원들을 목적지로 싣고 갈 전세버스 2대가 기다리고 있었다.

오전 10시 출발하는 버스 2대는 남녀 회원 100여 명으로 자석이 꽉 차 있었다.

형로가 버스에 오르니 버스 안은 흥이 오른 회원들의 웃음과 잡담으로 왁자지껄하다.

"형로님은 받으시지도 않을 꽃다발을 또 갖고 왔소?"

회장이 농담을 건네자 "푸하" 하고 회원들의 폭소가 터
졌다.

이번엔 다른 회원이 형로를 놀린다.

"저 양반은 꽃다발 갖고 다녀야 소화가 잘 된대요."

회원들은 웃고 박수를 치며 난리다.
하지만 형로도 지지 않고 응수한다.

"걱정마세요. 오늘은 꼭 받겠다고 약속하셨습니다."
"여사님이 정말로 약속하셨어요?"
"절대 발설하지 말라고 신신당부하셨습니다."

또다시 폭소가 터져 나왔다.
흥겨운 분위기 속에 2시간 반 뒤 목적지인 지방 도시 샤
방의 시장에 도착했다.
일행은 점심 식사부터 했다.

단체 식사를 마치고 나니 형로에게 불안감이 꿈틀대기 시작했다.

"두려워 말라. 나는 너의 하나님이라"라는 성경 구절을 위안 삼으며 마음을 달래고 있는데 불현듯 지난 3개월 동안 거사를 준비하며 겪었던 일들이 머릿속에 스쳐 지나갔다.

그러자 자신이 도살장으로 끌려가는 소 신세가 돼버렸다는 처량한 생각이 들었다.

동시에 "하필 내가 십자가를 지다니. 지금이라도 피할 수만 있다면" 하는 후회가 밀려왔다.

하지만 "이제 와서 후회하면 죽도 밥도 안 된다."라는 생각이 들자 마음을 가다듬기 시작했다.

그리고 스스로에게 다짐했다.

"겁만 주는 것이니 별일 아니다. 자신 있게 미션을 완수하자."

식당을 나서기 전 형로는 남들이 눈치채지 못하게 주머니에서 스프레이를 꺼냈다.

그리고 꽃다발을 쥔 오른손의 손바닥 안으로 스프레이를

밀어 넣었다.

손바닥 안에 쏙 들어간 스프레이는 꽃다발에 가려 보이지 않았다.

잠시 뒤 회원들 일행이 현장에 도착하니 회장이 일장 연설을 했다.

"오늘 여사님이 오시는 것은 불황기의 상인들을 위로하기 위해서입니다. 그러니만큼 우리 회원들은 열성을 다해 분위기를 최고조로 끌어올려야 합니다. 아셨죠?"

회원들은 일제히 "예" 하며 박수와 함성으로 화답했다.

공작새의 도착 시간이 얼마 남지 않았다.

회원들은 경호실의 배려로 공작새가 지나갈 통로의 맨 앞쪽에 도열했다.

형로는 꽃다발을 들고 둘째 줄에 섰다.

도착 시간이 임박하자 경호원들이 분주하게 오갔다.

경호원들은 형로가 눈에 익어서 그러는지 꽃다발 수색도 하지 않고 무심히 쳐다보기만 했다.

그렇지만 형로의 가슴은 떨리고 있었다.

"침착하자. 잘하고 있어."

두려움을 달래고 있을 때 공작새 일행이 걸어오는 것이
보였다.

회원들이 일제히 공작새의 대형 사진과 플래카드를 흔들
며 요란하게 함성을 질렀다.

"여사님 건강하세요, 사랑합니다. 감사합니다."

시장은 어느새 노래와 함성으로 가득한 축제장으로 변하
면서 분위기가 어수선해졌다.

그때 공작새가 회원들 앞을 막 지나가려고 했다.

공작새의 2미터 앞에 서 있던 형로는 오른손으로 꽃다발
을 쳐들며 "사랑합니다."라고 외쳤다.

그러자 공작새가 형로 쪽을 힐끗 쳐다봤다.

그 순간 형로는 꽃다발을 두 손으로 잡고 공작새에게 건
네주려는 듯이 두 팔을 쭉 뻗었다.

그와 동시에 두 손으로 잡고 있던 꽃다발을 왼손으로
옮기면서, 오른손에 쥐고 있던 스프레이의 버튼을 힘껏

눌렀다.

'치이익' 하는 소리를 내며 분사된 스프레이 용액이 정확하게 공작새를 향해 날아갔다.

순식간에 "악" 하는 비명을 지르며 공작새가 쓰러졌다.

그때까지 스프레이를 쥔 채로 멍하니 서 있던 형로에게 경호원들이 달려들어 덮쳤다.

그러자 형로가 엎어지면서 스프레이를 쥐고 있던 오른손이 얼굴 밑에 깔려버렸다.

곧이어 경호원들이 스프레이를 뺏으려고 형로의 오른손을 낚아채려 했다.

그 순간 형로가 스프레이를 뺏기지 않으려고 손에 힘을 주며 버티다가 분사 버튼 위에 얹혀있던 검지에도 힘이 들어가고 말았다.

취란의 최후

●○●○○

한편 취란은 거사 당일 집에서 초조하게 결과를 기다리고 있었다.

그러다가 오후 1시쯤 가게에서 음료수를 사 가지고 집 앞 골목으로 들어서는데 저만치 앞쪽에서 검은색 모자와 흰색 마스크를 쓴 남자가 오고 있었다.

코로나 사태로 마스크 쓰는 것이 일상이어서 남자가 전혀 이상하게 보이지 않았다.

두 사람의 거리가 가까워지며 스치듯 지나칠 때였다.

취란이 남자와 부딪쳐 길바닥에 넘어졌다.

"미안합니다."

남자는 취란을 일으켜 세우며 사과했다.

취란이 집으로 돌아와서 TV를 켜자 긴급뉴스가 떴다.

"손미령 여사 괴한에 피습" 제하로 스프레이를 맞고 쓰러지는 상황을 생생하게 전달했다.

"오빠는 어떻게 됐을까?"

불안하고 궁금했지만 속보를 기다릴 시간이 없었다.

오후 5시 라이풍으로 떠나는 비행기를 타기 위해선 서둘러 공항으로 가야 하기 때문이었다.

방을 나서려고 하는데 별안간 눈앞이 캄캄해지며 바닥에 쓰러졌다.

점점 호흡이 가빠지고 정신도 가물가물해졌다.

잠시 뒤 눈물을 주르륵 흘리며 숨을 거두었다.

1차 수사 결과 발표

∩०∩०౨

거사 다음 날인 12월 4일 오전 10시.

수사본부의 1차 발표가 나왔다.

"범인은 라이퐁 국적의 율반족 남자, 24세, 길형로, 율반 신학대학원 유학생임."

"어릴 때 어머니가 무속인의 꾐에 빠져 자살하자 무속인에게 원한을 갖고 있던 범인은 무속인이 율반의 나랏일에 개입하고 있다는 소문을 듣고 격분한 나머지 "죽여 버리겠다"며 벼르던 중에 무속인의 뒤를 봐주는 손 여사가 더 큰 문제라고 오인하고 범행한 것으로 드러났음."

"과학수사청에서 검식한 결과, 범인은 사이안화칼륨(청산가리) 용액이 들어있는 호신용 스프레이를 범행에 사용한 것으로 드러났음."

"손미령 여사는 율반 대학병원으로 이송돼 치료를 받고 있음. 자세한 내용은 의료진에서 별도로 설명할 것임."

"범인은 체포 과정에서 경호원들과 몸싸움을 벌이다가 쥐고 있던 스프레이의 버튼을 잘못 누르는 바람에 스프레이가 범인의 얼굴로 분사돼 샤방 병원에서 응급치료를 받던 중 사이안화칼륨 중독으로 어젯밤 10시 사망했음."

"역량을 총동원해 배후가 있는지 여부를 수사하고 있음."

발표가 끝나자 기자들이 질문 공세를 펼쳤다.

"범인이 사망했는데 범행동기를 어떻게 파악했습니까?"

"범인의 안주머니에서 범행동기를 적은 자술서가 발견됐습니다."

"자술서를 공개할 수 있습니까?"

"수사 중이라서 공개할 수 없습니다."

"여사가 무속의 뒤를 어떻게 봐주고 있는지를 자술서에 적어 놓았습니까?"

"그런 내용은 없습니다."

"사상적인 혐의점은 없습니까?"

"파악 중에 있습니다."

"범인이 죽었는데 배후 수사에 어려움은 없습니까?"

"최선을 다하고 있습니다."

"범인이 자살한 것은 아닙니까?"

"테러 상황을 찍은 동영상, 범인을 제압한 경호원들의 진술, 목격자들의 진술을 종합 검토한 끝에 범인이 저항하는 과정에서 스프레이 버튼을 잘못 누른 것으로 확인했습니다."

이어서 대학병원 의료진이 손 여사의 용태에 대해 브리핑했다.

"사이안화칼륨 중독으로 인한 폐 손상, 뇌 혈류 이상, 부정맥, 호흡곤란을 보이고 있음."

"의식은 있으나 말을 알아들을 정도로 또렷하지는 않음."

기자들이 질문했다.

"생명에는 지장이 없는 상태입니까?"

"최선을 다해 치료하고 있습니다."

"회복 가능성이 어느 정도입니까?"

"예단하지 않겠습니다."

언론은 일제히 3가지 방향으로 사건을 다뤘다.

"손 여사 위중(危重)"

"손 여사와 무속인의 유착을 의심해 범행"

"범인의 사망으로 배후 수사 힘들 듯"

세상을 바꾼 호신용 스프레이

수사 난항과 손미령 사망

◖◐◯◐◗

수사본부는 배후 파악에 수사력을 집중했다.

하지만 압수수색, 휴대전화 포렌식, 탐문수사를 총력적으로 펼쳤음에도 단서를 찾지 못했다.

그러자 형로의 애인 취란에게로 방향을 돌렸다.

하지만 온갖 기법을 총동원했음에도 배후 단서를 찾을 수 없었다.

테러가 일어난 날에 귀국하려고 했던 정황을 포착하고 테러와의 연관성을 의심했으나 라이퐁 당국으로부터 집안 행사에 참석하기 위해 귀국하려 했다는 회신이 돌아왔다.

취란의 사체를 해부한 과학수사청은 "부교감 신경 흥분으로 인한 호흡곤란 및 심정지로 사망한 것으로 보이나 그 원인을 정확히 단정할 수 없다."라는 검식 결과를 내놓았다.

독침이나 독가스로 살해됐을 것으로 추정한 수사본부는 취란이 사망하기 직전 골목에서 부딪힌 남자를 용의자로 보고 동선을 추적했다.

하지만 그 남자는 버스에서 내려 대로변을 걷다가 골목으로 접어든 이후부터 더 이상 CCTV 화면에 잡히지 않았다.

취란의 죽음을 둘러싸고 의문점이 많았으나 증거 확보가 어려워 수사가 난항을 겪었다.

추가 수사에도 불구하고 배후를 찾는 데 실패하자 "무속인을 향한 원한과 기독교 신앙이 결합된 단독범행"으로 결론을 내리지 않을 수 없었다.

하지만 졸속 수사라는 오해를 살 수 있어 어느 정도 시간이 지난 뒤 발표하기로 했다.

어느덧 언론도 테러에 관한 보도를 톤다운(Tone Down)하기 시작했다.

그러자 손미령 피습 사건은 사람들의 관심에서 점점 멀어지며 충격파도 사그라드는 듯했다.

하지만 큰 변수가 일어났다.

열흘 동안 치료를 받아 오던 손미령이 부상 악화로 12월

13일 사망한 것이다.

"좌파가 마원일 정부를 흔들기 위해 사회주의자인 율반족을 고용해 테러를 일으킨 것"으로 의심하고 있던 우파 세력의 분노가 하늘을 찔렀다.

"용서하지 않겠다, 국모님을 돌아가시게 만든 좌파 놈들."

우파 지도부는 좌파를 제압하는 절호의 기회가 왔다고 보고 대규모 시위를 벌이기로 했다.

마원일 정부는 곤혹스러웠다.

우파의 대규모 시위가 우파를 결속시키고 좌파를 위축시키는 효과는 있겠지만 자칫하면 좌파를 자극해 소요 사태가 부메랑으로 돌아올 수 있기 때문이었다.

이에 따라 수사본부는 우파를 진정시키기 위해 손미령의 장례식이 치러지는 12월 16일 부랴부랴 "배후가 없는 단독 범행"이라고 발표했다.

그러나 이것이 불난 집에 기름을 부은 꼴이 됐다.

우파의 분노

●○○○◑

장례식 다음 날인 12월 17일 오후 2시.

수십만 우파 군중들이 실론 역 광장에 운집했다.

우파의 리더가 마이크를 잡고 선동하기 시작했다.

"오늘 백만 우파가 모였습니다. 백만 명이 일어나면 우리
를 이길 사람은 아무도 없습니다."

그러자 "와"하고 천지를 흔드는 함성이 일어났다.

"우리 우파 마원일 정권, 어떻게 세운 정권입니까. 그리고
얼마나 잘하고 있습니까."

"옳소."

세상을 바꾼 호신용 스프레이

"그런데 시샘을 한 좌파들이 정권을 흔들려고 국모님을 돌아가시게 만들었습니다."

그러자 군중들은 사회자의 선창(先唱)에 따라 "때려잡자 빨갱이"라는 구호를 세 번 외쳤다.

"율반족 혼자 엄청난 일을 어떻게 저지를 수 있습니까? 뒤에는 좌파가 있고, 또 그 뒤에는 누가 있는지 잘 아시지 않습니까?"

"때려잡자 빨갱이."

"좌파는 수상님도 해코지할지 모릅니다. 그러면 나라가 어떻게 되겠습니까?"

"때려잡자 빨갱이."

"때려잡지 않으면 우파가 다 죽고 맙니다."

"때려잡자 빨갱이."

"국모님은 우리 우파에게 좌파를 청소하는 기회를 주려고 돌아가셨습니다. 이제는 국모님에게 보답하기 위해 행동에 나서야 할 때입니다."

"때려잡자 빨갱이."

"좌파의 총본산 정우당, 사사건건 수상님을 물고 뜯는 좌

파 언론, 서민의 탈을 쓰고 호의호식하는 좌파 노조, 교육
을 망치고 있는 좌파 교사, 이들은 모두 우리의 원수들입
니다."

"때려잡자 빨갱이."

집회가 끝나자 군중들이 집단 흥분을 일으키며 좌파의
본산인 정우당 당사로 몰려갔다.

경비하던 경찰들을 밀치고 당사로 들어간 시위대는 몽둥
이로 닥치는 대로 부수고 때렸다.

당 대표를 비롯한 고위 당직자들은 황급히 대피했으나
많은 당원들이 피를 흘렸다.

다른 한 무리의 우파 시위대는 드봉 시청으로 가서 시장
을 끌고 나와 무릎을 꿇렸다.

좌파 정우당 소속인 시장은 페이스북을 통해 마원일 정
부를 사사건건 비판하고 있어 우파들에게 미운털이 박혀 있
었다.

시위대는 꿇어앉아 있는 시장을 삥 둘러싸고 시장의 얼
굴 앞으로 몽둥이를 들이밀었다.

"바른말 해. 좌파가 국모(國母)님을 죽였지?"

"저는 모릅니다."

"왜 너는 우파 정부를 못 잡아먹어 난리야."

"앞으로 자중하겠습니다."

생명에 위협을 느낀 시장은 백배사죄한 뒤 큰절을 하고 나서야 풀려났다.

경찰은 미친 듯이 날뛰는 우파 시위대의 기세에 눌린 탓인지 먼발치에서 쳐다보고만 있었다.

날이 어두워지자 시위대는 시청 광장 군데군데에 불을 피워놓고 연좌농성을 이어갔다.

자정 무렵 시위대가 "때려잡자 빨갱이" 구호를 연호하고 있던 그때였다.

좌파인 W 방송사에 연기가 치솟았다.

복면을 쓰고 몽둥이를 든 청년 수백 명이 경비원들을 밀치고 들어가 불을 지른 것이다.

밖에는 수천 명의 군중들이 "잘 탄다, 빨갱이 방송"하며 환호하고 있었다.

방송사 부근까지 달려온 소방차는 시위대에 막혀 오도

가도 못하고 서 있었다.

화재가 번지자 야근을 하던 사원들이 혼비백산하여 도망쳤다.

미처 피하지 못한 사원들은 우파 청년들에게 끌려나와 손을 들고 무릎을 꿇었다.

시위대는 "죽어봐라! 빨갱이 놈들!"이라고 소리치며 발로 차고 몽둥이로 때렸다.

한편, 우파의 표적이 된 좌파 노조 단체의 간부들은 위해를 당할까봐 겁을 먹고 잠적했다.

겁을 먹은 좌파 교사들도 출근을 하지 않자 학교 수업이 마비됐다.

기세가 오른 우파는 연일 "때려잡자 빨갱이"라는 구호를 외치며 밤새도록 시가지를 돌아다녔다.

시위대의 기세가 얼마나 거세던지 경찰이 진압에 나섰다가는 참극이 벌어질 것 같았다.

때문에 무법천지와 같은 상황이 벌어지고 있는데도 경찰은 진압할 엄두를 내지 못했다.

세상은 삽시간에 공포 분위기로 가득 차고 국민들은 불안에 떨었다.

세상을 바꾼 호신용 스프레이

이윽고 12월 20일 사태 수습을 위한 긴급 당정회의가 열렸다.

갑론을박을 벌였지만 위급한 상황에서는 항상 그랬듯이 강경파의 주장이 채택됐다.

"우리 우파가 모처럼 승기를 잡았으니 사회질서가 마비되지 않는 이상 적정선에서 대처한다."

그러나 대외적으로는 다른 소리를 했다.

"사회질서를 해치는 행위에 대해 엄중히 대처하겠다."

좌파의 반격

●○○○◑

야당인 정우당도 가만있을 수 없었다.

"우파가 공포시대를 열고 있다."며 난동을 방관한 정부를 비난하고, 난동자 구속을 촉구했다.

언론도 우파의 난동을 개탄하며 정부의 단호한 대응을 요구했다.

최대 동맹국인 아리카 정부도 "폭력을 중단하고 조속한 안정을 바란다."는 입장을 내놓았다.

하지만 개선장군처럼 기세등등한 우파 시위대 앞에 공권력은 너무나 왜소해 보였다.

위기에 놓인 정우당 대표와 당직자들이 대책을 의논했다.

"이러다간 좌파들 씨가 마르겠어. 대책을 세워야겠소."

"정부도 수수방관하고 있습니다. 죽기 살기로 싸우지 않으면 좌파는 다 죽을지 모릅니다."

"내가 앞장서겠소."

"대표님이 깃발을 드시면 노조와 교사들이 뒤따를 겁니다. 그들은 율반에서 군중 동원 능력이 가장 뛰어난 세력입니다."

"준비를 서두르시오."

드디어 12월 21일 오후 2시.

추운 날씨에도 불구하고 우파의 난동에 격분한 수많은 좌파 군중들이 엑셀 광장에 모였다.

좌파가 꺼내 들 카드는 "마원일 수상과 무속인의 유착"이었다.

정우당 대표가 단상에 올랐다.

"손미령은 무속인의 뒤를 봐주다가 변을 당했습니다. 무속과 유착한 것이 업보가 된 겁니다."

그러자 군중들은 "깨부수자 무속 정치"라고 외쳤다.

"그런데도 좌파가 죽였다고 우기고 있습니다. 무속인이 얼마나 무서우면 그렇게 하겠습니까."

"깨부수자 무속 정치."

"우파의 우두머리는 무속인 입니다. 마원일도 꼼짝 못 합니다. 율반이 무속 국가입니까?"

"깨부수자 무속 정치."

"우파들이 우리 당사를 부수고 방송사에 불을 질렀습니다. 무속이 시켜서 했나요?"

"깨부수자 무속 정치."

"우리도 똑같이 되돌려 줘야겠죠?"

"옳소."

우파를 향한 적개심으로 가득 찬 집회가 끝나자 군중들이 "무속의 앞잡이 마원일 물러가라."라는 구호를 외치며 2킬로미터 떨어진 수상 관저로 몰려갔다.

선두에는 복면을 쓴 일단의 청년들이 몽둥이를 흔들며 시위대를 지휘하고 있었다.

무력해 보이던 경찰은 이번엔 달랐다.

수상 관저가 뚫리면 정권이 무너진다는 절박감에서 비상

세상을 바꾼 호신용 스프레이

한 각오로 대처하는 것처럼 보였다.

우선적으로 관저 300미터 앞에 설치된 바리게이트를 보강하고 시위대의 진입을 막았다.

그러자 시위대가 경찰을 향해 던진 들이 무수하게 날아왔다.

격분한 경찰이 시위대를 체포하려 하자 시위대는 화염병을 던지며 저항했다.

전투복과 신발에 불이 붙은 경찰들이 흠칫하며 뒤로 물러서자 순식간에 대오가 흐트러졌다.

그 틈을 타서 시위대가 바리게이트를 옆으로 밀쳐내기 시작했다.

자칫하면 저지선이 흔들릴 수도 있었다.

위기감을 느낀 수상실은 드봉 경비사령부 소속 탱크를 관저 정문 앞으로 이동시켰다.

경찰도 다연발 최루탄을 무차별적으로 쏘아 댔다.

시위대가 최루탄 가스를 마시고 고통스러워하자 경찰들이 진압봉을 휘둘렀다.

뒤이어 살수차가 강력한 수압으로 물세례를 퍼붓자 시위대는 정신을 못 차리고 허둥댔다.

그런데도 시위대는 물러서지 않고 화염병과 돌을 던지며 극렬하게 맞섰다.

관저 앞 일대가 최루탄 가스와 비명 소리로 가득한 아수라장으로 변하고 부상자가 속출했다.

한편, 다른 한 무리의 시위대는 대표적인 우파 언론사인 A 신문사를 향했다.

A 신문사 현관 앞에서 군중들이 "영차, 영차" 하며, 막아선 경찰들을 밀어붙이기 시작했다.

그러자 인원이 적은 경찰들이 뒤로 밀리면서 와장창하고 현관문이 부서졌다.

"와" 하는 함성을 지르며 물밀듯이 신문사 안으로 들어간 시위대는 편집국과 논설위원실로 들어가 사람과 집기를 가리지 않고 몽둥이로 때려 부쉈다.

기겁을 한 언론인들이 비명을 지르며 뛰쳐나갔다.

그때 시위대의 누군가가 "불을 지르자!"라고 외쳤다.

그러자 가방을 메고 복면을 한 채 시위대를 지휘하던 청년이 황급히 제지했다.

"안 돼. 이 건물에는 일반 가게도 들어가 있어. 상인들을 다치게 해선 안 돼."

"이대로 돌아갑니까?"

리더는 "아니야. 나를 따라오시오."하고는 신문사 회장 방으로 들어갔다.

그리고는 붉은색 스프레이로 '친일파 후예, 우파 기관지'라고 벽면에 휘갈겨 놓았다.

이때 증강된 경찰들이 신문사 앞에 도착했다.

하지만 군중들에게 막혀 진입하지 못하고 있었다.

회장 방을 나선 청년은 "마지막 한 방을 날려야지." 하며 윤전실로 갔다.

윤전실에는 사원들이 도망가고 아무도 없었다.

청년은 메고 있던 가방 안에서 누런 종이로 포장된 막대기 모양의 다이너마이트 시한폭탄을 꺼내 윤전기 밑에 장착했다.

시위대가 떠난 직후 A 신문사 안에서 요란한 폭발음이 울리며 검은 연기가 피어올랐다.

또 다른 좌파 시위대는 율반 무속인 협회를 습격했다.

협회 임원진 10여 명을 꿇어앉히고 몽둥이를 들이대며

"율반이 무속 국가냐? 손미령과 붙어서 얼마나 해 먹었느냐."라고 다그쳤다.

그리고는 무속인들을 밖으로 끌고 나와 "다시는 나랏일에 개입하지 않겠습니다."라고 쓴 팻말을 목에 걸고 행진하도록 시켰다.

이를 본 많은 시민들이 박수를 쳤고, "아멘"하는 크리스천도 있었다.

시위대의 성난 기세에 눌린 경찰은 제지하는 시늉만 하고 있었다.

극렬한 진영 대결

∩○∩○⊃

사태가 심각해지자 정부가 강력한 대응에 나섰다.

그러나 이미 권위가 무너진 공권력을 무서워할 시위대가 아니었다.

경찰력을 증강하여 시위대를 제압하려 했으나 시위대에게 붙잡혀 매를 맞는 일까지 일어났다.

무력을 사용하지 않는 이상 공권력의 영(令)이 설 것 같지 않았다.

자연히 시위대 수사도 지지부진했다.

그럴수록 우파와 좌파는 진영 대결에 전력을 쏟았다.

수십만 군중들이 "때려잡자 빨갱이"와 "깨부수자 무속 정치"로 갈라져 길 하나를 사이에 두고 북과 징을 치며 연일 맞대결을 벌였다.

처음에는 평화적인 대결을 벌였으나 시간이 갈수록 난폭해지며 화염병과 흉기까지 등장했다.

집단 난투극을 벌이는가 하면, 경찰 지구대로 들어가 불을 지르고 기물을 파손했다.

심지어 시내버스를 탈취해 상대 진영을 향해 전속력으로 질주하기도 했다.

부지기수의 부상자가 발생하고 검은 연기가 자욱한 시가지는 마비됐다.

민심도 덩달아 흉흉해져 살인, 강도, 절도, 폭행, 약탈, 교통사고가 급증했다.

주요 상가는 철시하고 생필품 가격도 폭등했다.

시위대를 계도해야 할 언론은 시위대의 눈치를 보며 이도 저도 아닌 애매한 논조를 폈다.

내전을 방불케 하는 무정부 상태가 연일 이어지자 "이러다가 나라가 무너지는 것은 아닐까?"라는 두려움이 국민들을 짓누르기 시작했다.

자연히 사태를 수습하기 위해선 계엄령을 내려야 한다는 여론이 높아져 갔다.

세상을 바꾼 호신용 스프레이

라이퐁 보안부 요원의 미소

◐○◑○◑

라이퐁 최고 보안부 2국.

주취란을 앞세워 마원일 부인 암살을 사주한 당순원과 류소태는 회심의 미소를 짓고 있었다.

"어때? 우리 의도대로 되고 있지?"

"지금 율반은 거의 무정부 상태입니다"

"두고 봐. 얼마 못 가서 마원일은 스스로 내려올 수밖에 없어."

"플랜 B를 가동한 이후 율반 사태가 눈에 띄게 험악해진 것 같습니다."

"율반에 나가있는 우리 율반 족의 파워는 역시 대단해."

"우파, 좌파 두 진영에 2만 명씩 더 투입할 수 있습니다."

"좀 더 두고 보자고."

"상부의 반응은 어떻습니까?"

"손 안 대고 코 풀고 있는 양반들이 무슨 할 말이 있겠어. 잘되면 자기들 공으로 삼고, 안되면 발을 빼겠지."

"성공은 확실한 것 같은데 앞으로가 문제입니다."

"마원일이 내려온 뒤 우리가 원하는 체제가 들어서지 않으면 헛수고한 것밖에 더 되겠어?"

"플랜 C를 가동할까요?"

"아직은 아니야."

세상을 바꾼 호신용 스프레이

실의(失意)에 빠진 마원일 수상

೧೦೧೦೨

마원일 수상은 부인 손미령이 피습 당했을 때만 해도 가슴은 아팠지만 한편으로는 동정여론이 일어나 지지기반이 탄탄해질 것으로 낙관했다.

하지만 상황은 예상대로 흘러가지 않았다.

맨 먼저 "무속 정치"를 비난하는 역풍이 불어왔다.

뒤이어 진영 대결이 극심해지면서 사회질서가 무너지고 무법천지와 같은 혼돈이 일어났다.

정부의 권위는 땅에 떨어지고 공권력은 있으나 마나 하게 무력해졌다.

곁에서 일거수일투족을 챙겨주던 아내마저 죽고 없으니 우울감도 깊어졌다.

그러자 언제 어떤 변고가 일어나 자기의 생명을 빼앗을

지 모른다는 두려움이 엄습했다.

의기소침해진 마원일은 "내가 이러려고 수상이 되었나." 라는 회한이 들었다.

때마침 아리카에 유학 중인 고명딸도 어머니의 죽음에 충격을 받았던지 "그만두고 아리카에서 함께 살자."라며 은퇴를 권하고 있었다.

당장 그만두고 싶은 마음이 굴뚝같았다.

실의에 빠져 있던 12월 24일 오후.

마 수상의 최측근으로 군부 실세인 위대일 중장이 면담을 요청했다.

위 중장은 율반의 수도인 드봉을 지키는 드봉 경비 사령관이다.

"무슨 일이오? 위 장군."

"제가 중요한 정보를 입수했습니다."

"말해 보시오."

"우파 지도자와 좌파 지도자 모두 현 정부로는 난국 타개가 어렵다고 보고 있다고 합니다."

"그래서?"

"난국 상황을 이용해 서로 먼저 정부를 넘어뜨리려고 기도(企圖)하고 있다고 합니다."

"우파까지?"

"우파는 정부가 그대로 있으면 자신들도 한 묶음으로 위기에 빠질 것을 두려워해서 자구책으로 우파 혁명을 생각하고 있다고 합니다."

마원일은 "갈 데까지 가는구나."라는 생각이 들었다.

"어떡하면 좋겠소?"

"국면전환을 서둘러야 합니다."

마원일이 한참을 생각하더니 입을 열었다.

"계엄령을 생각하는 거요?"

"그 전에 내부의 적부터 쳐내야 합니다."

"무슨 말이오?"

"지금 경찰력은 씨알도 먹히지 않고 있습니다. 사태를 수습하기 위해서는 계엄령을 내려 군을 동원할 수밖에 없는데 수상님께 위험부담을 줄 수 있습니다."

"위험부담?"

"계엄사령관에 육군총장을 임명할 수밖에 없지 않습니까? 반다류 대장은 야망이 너무 큽니다."

"반역이라도 할 사람이라는 거요?"

"반 대장은 사조직까지 거느리고 있다는 소문이 있습니다. 지금은 보안군이 감시하고 있지만 계엄사령관이 되면 보안군도 눈치를 살피지 않을 수 없을 겁니다."

수상이 "음" 하고 신음 소리를 냈다.

위대일 중장은 이틈을 놓치지 않고 결단을 재촉했다.

"절체절명의 위기입니다. 사태도 수습하고 수상님도 보위하려면 그 길밖에 없습니다."

계엄령 선포

●○○○◑

12월 26일 오전 10시 수상실에서 중대 발표를 했다.

"육군총장 반다륜 대장, 반역 혐의로 해임."

"반다륜 대장은 보안군에 체포돼 조사 중."

"후임 육군총장에는 드봉 경비 사령관 위대일 중장을 대
장으로 승진시켜 임명."

다음날인 12월 27일. 율반 일원에 계엄령이 선포되고 위
대일 대장이 계엄사령관에 임명됐다.

뒤이어 '집회 금지'와 '민간인도 군사재판에 회부할 수 있
도록' 하는 포고령이 공표되자마자 계엄군이 연좌 농성 중
인 시위대를 강제 해산시켰다.

요소요소에 탱크와 장갑차가 진주해 삼엄하게 경비하고 계엄사 합동수사본부가 시위대 수사에 착수하자 사회질서는 평정을 되찾았다.

마원일 수상은 위대일 계엄사령관을 불러 치하했다.

"위 장군, 수고 많았소."

"수상님의 혜안 덕분입니다."

"사회는 조용해진 것 같은데 군은 어떻소?"

"일사불란하게 뭉쳐서 수상님께 충성하고 있습니다."

"어제 여당 대표를 만났더니 군대 안에 불만이 있다고 하더군."

"보안군이 철통같이 살피고 있는데 전혀 불만이 없습니다."

"노파심에서 하는 말이지만 잘 살피도록 하시오."

"걱정하지 마십시오. 설령 불만을 가진 자가 있다 해도 반 대장을 따르는 극소수에 불과할 겁니다. 그것도 금명간에 반 장군 수사 결과가 나오면 없어질 겁니다."

며칠 뒤 계엄사 합동수사본부는 반다륜 전 육군총장에

세상을 바꾼 호신용 스프레이

대한 수사 결과를 발표했다.

그런데 당초 발표했던 반역 혐의 대신 수뢰 혐의를 적용했다.

"반다륜은 육군총장의 직위를 남용해 진급과 보직을 미끼로 총 2억 3천만 원 수뢰."

"구속된 상태로 군사재판에 회부할 예정."

라이퐁 보안부 요원의 당혹감

❶❍❍❍❍

"율반 사태가 엉뚱하게 흐르고 있어."

팔짱을 낀 당순원 중좌가 얼굴을 찌푸리며 심복 류소태 소좌를 향해 중얼거렸다.

"좌파가 뒤집을 줄 알았는데 우파 정권이 더 탄탄해졌잖아."

"죽 쒀서 개 준 꼴이 됐습니다."

"계엄사령관 위대일은 마원일보다 더한 강성 우파야. 늑대를 피하려다가 호랑이를 만났어."

"전세를 역전시킬 수 있겠습니까?"

"플랜 C가 남아 있어."

"율반족 4만 명을 동원하면 반전할 수 있는 계기를 잡을 것 같습니다"

"다음엔 아무래도 양면 작전을 펴야 하겠어."

"예?"

"한쪽으로는 폭력시위를 이끌고, 다른 한쪽으로는 소수 정예를 투입해 급소를 찔러야겠어."

"현지에서 구체적인 지침을 기다리고 있습니다."

"세계를 놀라게 할 극적인 드라마를 만들 거야."

혼란 재현

●○●○○

그즈음 OPA(아리카 정보기관) 율반 지부는 마원일 체제의
위험성을 본부에 보고했다.

"마원일 수상이 계엄령으로 위기를 모면했지만 무속과의
유착설로 민심이 떠난 데다, 좌파들이 보복을 다짐하고 있
어 머지않아 혼란이 재현될 것으로 예상됨."

"혼란이 재현되면 마원일 정권이 무너지고 좌파 정권이
들어설 우려뿐만 아니라 율반과 대치하고 있는 사회주의국
가 대광이 혼란을 틈타 침략할 가능성이 있음."

"이럴 경우, 율반 반도에서의 힘의 균형이 무너지면서 기
존의 동북아 질서를 해칠 수 있음."

"더욱이 청년 장교들이 반대류 전 총장 축출에 반발하고

세상을 바꾼 호신용 스프레이

있어 군부가 동요할 우려까지 있음."

아리카 측의 예상은 적중했다.

마원일 우파 정부로부터 민심이 떠나기 시작했다.

좌파 정우당이 여론조사를 해본 결과, 마 수상 불신 여론이 60% 가까이 나타났다.

불신 이유로는 "무속과의 유착"이 가장 높았고 "부정부패"가 그 뒤를 이었다.

당연히 좌파 정당 지지율이 우파 정당보다 월등히 높게 나왔다.

사기가 오른 좌파들이 반전(反轉)을 벼르며 움직이기 시작했다.

계엄령이 내려졌는데도 시위대가 점차 불어났다.

"무속과 유착된 마원일 물러가라."

"계엄령 해제하라."

시위에 직장인들까지 가세하면서 일반 시민들의 응원과 환호가 뒤따랐다.

그러자 '물 계엄'이라고 계엄령을 조롱하는 현상까지 나타났다.

계엄사령부는 강경책을 펴지 않을 수 없었다.

또다시 최루탄 가스가 도심지를 뒤덮고, 이에 맞선 돌과 화염병이 난무했다.

그러자 계엄령 이전에 빚어진 혼란이 재현될지 모른다는 예상이 나오기 시작했다.

세상을 바꾼 호신용 스프레이

아리카 영사관 인질극 발생

●○○○◑

혼란이 커지는 와중에 대형 사건이 일어났다.

복면을 쓴 10명의 괴한들이 율반의 지방 도시 알틴에 있는 아리카 영사관을 점거한 것이다.

권총과 수류탄을 든 괴한들은 영사관 안으로 화염병을 던져 혼란이 벌어진 틈을 타고 난입해 영사와 아리카인 직원 7명을 지하실에 감금시켰다.

괴한들은 영사관 출입구를 폐쇄한 뒤 지하실에 다이너마이트와 인화물질을 쌓아두고 "다가오거나 헬기를 띄우면 터뜨리겠다."고 위협했다.

곧이어 성명서를 발표했다.

"우리는 조국의 발전을 위해 함께하고 있는 율반 구국청년동맹 소속이다."

"무속 정치와 부패로 찌든 마원일 수상은 아리카의 비호 아래 국민을 탄압하고 있다."

"아리카는 반성하고 마원일 지지를 철회하라."

"마원일은 즉각 계엄령을 해제하고 시위로 구속된 애국 시민들을 석방하라."

"우리의 요구를 거부하면 영사관 직원들은 극단적 상황과 마주할 것이다."

중간 선거를 앞두고 국민들이 인질로 잡히자 아리카 조야(朝野)가 발칵 뒤집혔다.

여, 야 가릴 것 없이 인질 구출을 최우선 과제로 삼고 정부에 조속한 구출을 압박했다.

아리카 정부도 오직 협상을 통해 안전하게 구출한다는 방침을 세웠다.

구출 작전이 실패할 경우, 여당 후보에게 심대한 타격을 줄 수 있기 때문이었다.

아리카 국무차관이 율반에 급히 들어와 인질범과 협상을 시작했다.

"나는 아리카 국무차관이다. 당신들의 신분을 알고 싶다."

"우리는 구국청년동맹 단원들이다."

"율반 국민인가?"

"당연히 율반 사람의 피가 흐르고 있다."

"율반 경찰은 당신들을 생소한 존재로 보고 있다."

"우리의 존재가 드러나지 않았을 뿐이다."

"요구사항이 무엇인가?"

"첫째, 아리카 정부가 마원일 지지를 철회해줄 것을 요구한다."

"아리카는 율반과 전통적으로 우호 관계를 맺고 있지만 마원일 수상 지지를 표명한 적은 없다."

"그렇다면 지지하지 않겠다고 선언해 달라."

"지지를 하지 않았는데 지지하지 않겠다고 할 수는 없지 않은가?"

"둘째, 계엄령을 해제하고 애국 시민들을 석방하라고 마원일에게 요구하라."

"아리카는 다른 나라의 내정에 대해 간섭하지 않는 원칙을 갖고 있다."

"아리카는 율반에 군대를 주둔하고 율반을 안보, 외교,

경제적으로 예속시키고 있지 않는가."

"주권 국가인 율반을 모독하는 표현이라고 생각한다."

협상이 결렬되자 아리카 조야와 언론이 일제히 아리카 정부를 비난하고 나섰다.

"성의 부족한 정부"
"전략 부재의 협상"

인질 사태가 일주일을 넘어가자 궁지에 몰린 아리카 정부가 율반 정부에 타협안을 제시했다.

"아리카는 율반 정부에 대해 성찰을 촉구하고, 율반 정부는 구속자 일부를 풀어주는 동시에 인질범의 처벌도 면제해 주는 조건으로 문제를 풀어가는 것이 좋겠다."

율반 정부는 거부했다.

"그렇게 되면 인질 사태가 재발될 우려뿐 아니라, 좌파 시위대의 기를 살려주는 역작용까지 일어날 것이므로 구출 작전을 벌여 인질범들에게 본때를 보여줘야 한다."

그와 동시에 율반 군부의 강경파가 인질 구출 작전 준비에 들어갔다.

20년 전 서유럽 먼린에서의 구출 작전 실패로 인질 전원이 사망한 악몽을 잊지 않고 있는 아리카 정부는 경악한 나머지 "아리카 국민의 생명을 걸고 도박하지 말라"며 강력히 경고했다.

뒤이어 아리카의 유력한 신문이 마원일 수상을 비난하는 가사를 대서특필했다.

"마원일 수상이 권좌에 집착한 나머지 아리카 인질들의 생명을 경시하고 있다."

아리카 정부로서는 천군만마와같이 고마운 기사였다.

하지만 다음날 율반의 유력한 신문이 이를 반박하는 가사를 머리기사로 보도했다.

"아리카 정부는 자국의 정략적 이해와 인질 사태를 맞바꾸려 하고 있다."

"남의 나라가 어떻게 되든 자국의 입장만 내세우는 것은 주권 국가를 무시하는 처사다."

그러자 아리카 정부와 의회에서 마원일 수상을 불신하기 시작했다.

"인질 구출에 협조하지 않는 마원일 수상을 친구라고 부를 수 있나?"

"마원일 수상을 경직된 사고를 가진 후진국형 지도자로 볼 수밖에 없다."

"율반은 30년 전 아리카의 도움으로 나라를 지킬 수 있었던 은혜를 잊고 있나?"

그 사이 인질범들은 빨리 요구를 들어주지 않으면 인질의 생명을 보장할 수 없다고 위협했다.

초조해진 아리카 측이 율반 정부를 압박했다.

세상을 바꾼 호신용 스프레이

"아리카, 방위산업 기술 율반 이전 보류."

"아리카·율반 외무장관 회의 연기."

아리카 요구를 들어줄 수도, 구출 작전을 펼 수도 없는
마 수상은 진퇴양난에 빠지고 말았다.

율반족 경계령

∩⊙∩⊙⊃

보안군 사령관이 위대일 계엄사령관을 급히 찾아왔다.

"율반에 나와 있는 라이퐁의 율반족이 폭력 사태를 주도하고 있는 것 같습니다."

"확실합니까?"

"율반족이 폭력 사태에 앞장서는 것을 목격한 사람들이 있습니다."

"큰일이군."

"아리카 영사관 인질 사태도 율반족이 중심에 있다고 합니다."

"어디서 나온 얘기요?"

"OPA(아리카 정보기관)로부터 조금 전 통보 받았습니다."

"율반족들이 뭐 하러 남의 나라에서 그런 짓을 할까?"

"좌파정권 수립을 지원하려는 목적이라고 합니다."

"하긴 율반 좌파나 율반족이나 같은 사회주의 계열이니까."

"그들의 뒤에는 사회주의 국가인 라이퐁이 버티고 있다고 합니다."

"라이퐁이 율반족을 조종하고 있다는 말이오?"

"그것까진 확인하지 못했습니다. 그러나 율반족은 엄연히 라이퐁 국적을 가진 사람들입니다."

"빨리 손을 써야 하지 않겠소?"

"그들이 복면을 쓰고 있어서 증거 확보에 어려움이 있습니다만 속히 잡아들이겠습니다."

위대일 대장은 율반족의 움직임을 국가 안보를 해치는 중대사로 받아들였다.

"이들을 척결하지 않으면 나라가 사회주의로 넘어갈 수도 있어."

계엄사령관의 고심

◗◗◗◗◗

아리카와 율반 사이가 껄끄러워지고 있는 와중에 OPA (아리카 정보기관) 율반 지부에 본부로부터 긴급 전문이 내려왔다.

"마원일 수상의 거취와 관련하여 아리카의 이익에 도움이 되는 방안을 검토하여 보고할 것."

지부는 즉각 응신했다.

"마원일 수상이 민심에 부응하는 국면전환을 하지 않고서는 혼란 종식을 기대할 수 없음."
"얄틴 영사관 인질 사태도 마원일 수상이 양보하지 않는

한 해결 가능성이 희박해 보임."

"그러나 마원일 수상은 권좌를 지키기 위해 거부할 수밖에 없는 구조적인 한계를 갖고 있음."

"따라서 마원일 수상이 건재한 이상 해결책을 찾기 어려울 것으로 판단됨."

얼마 뒤부터 아리카는 위대일 계엄사령관을 상대로 쿠데타를 부추기는 작업을 진행했다.

그러나 위 대장은 단칼에 거부했다.

"수상님과의 신의를 저버릴 수 없습니다."

"결심하지 않으면 장군이 당하게 됩니다."

"무슨 뜻입니까?"

"지금 청년 장교들이 움직이고 있습니다. 장군이 함께하지 않으면 무사하기 어려울 겁니다."

위대일 대장이 살짝 동요했다.

그래도 고집을 꺾지 않았다.

"당하지도 않을뿐더러 배신도 하지 않겠습니다."

며칠 뒤 아리카 측은 자기들과 내통하고 있는 장교들을 앞세워 위 대장을 압박했다.

"목숨을 걸고 총장님을 지도자로 모시고자 합니다."
"귀관들. 무슨 말을 하려고 왔나?"
"난국 상황을 두고 볼 수 없습니다."
"돌아가게."
"돌아가서 동지들에게 총장님 안부를 전해도 되겠습니까?"
"....................."

며칠 뒤 아리카 측이 위 대장에게 최후통첩을 했다.

"배가 떠나려고 합니다. 승선하지 않으면 애국 장교들만 으로 출항합니다."

한참 생각에 잠겨있던 위 대장이 무겁게 입을 뗐다.

"나를 선택한 이유를 알고 싶습니다."

"장군을 대신할 지도자가 율반엔 없습니다."

"아리카의 의지가 확고합니까?"

"두말할 필요가 없습니다."

그 순간 위 대장은 쿠데타 과정에서 국군끼리 총을 쏘게 되는 민족적 비극이 두려워졌다.

"한대고 해도 결코 피를 흘릴 수는 없습니다."

"그럴 수 있다면야 최상 중의 최상이죠."

마지막으로 위 대장은 꼭 하고 싶은 말이 있었다.

"내가 마음을 돌린 것은 무엇보다 율반족의 책동을 두고 볼 수 없기 때문입니다."

"그렇군요."

"그들은 율반에 침투해 좌파 정부를 세우려는 불순세력입니다. 자유민주주의 체제를 수호하기 위해 반드시 발본색원해야 합니다."

"100% 동감합니다. 좌파가 집권하는 것을 우리도 원치 않습니다."

계엄사령관 겸 육군총장이 쿠데타의 정점에 서자 쿠데타군은 순식간에 군의 대세를 형성했다.

쿠데타를 적발해야 할 보안군조차 눈치를 살폈다.

비공식 루터를 통해 여러 차례 쿠데타 소문을 전해 들은 마원일 수상은 위대일 대장에게 확인했지만 그때마다 위 대장은 사실무근이라며 수상을 안심시켰다.

마 수상이 철석같이 믿고 있는 사이에 위 대장은 거사 준비상황을 수시로 보고받고 있었다.

세상을 바꾼 호신용 스프레이

마원일 수상 실각(失脚)

ᴏᴏᴏᴏᴐ

쾌청한 날씨의 5월.

마원일 수상은 위 대장의 건의에 따라 계엄군을 격려하기 위해 계엄사령부를 방문했다.

마 수상이 경호원들의 호위 아래 계엄사 청사로 들어서자 위 대장은 사령관실로 안내했다,

마 수상과 차를 마시며 독대하고 있던 위 대장이 무겁게 말을 꺼냈다.

"수상님. 실은 저희들이 일을 꾸미고 있습니다."

마 수상은 위대일 총장을 한참 노려보더니 쏘아붙였다.

"위 장군. 쿠데타라도 하려고 그래?"

위 대장이 고개를 숙였다.

"미리 말씀드리지 못해 죄송합니다."

마 수상이 몸을 부르르 떨며 고함을 질렀다.

"불문에 부칠 테니 당장 그만두게."
"대세가 기울었습니다. 국군끼리 피를 흘릴 수는 없지 않습니까. 협조해 주십시오."

그때 밖에서 '드르륵'하는 총성이 나면서 고함과 비명이 뒤섞인 소리가 들렸다.
하지만 소란은 오래 가지 않았다.
병력과 화력에서 열세인 경호원들이 잠복해 있던 쿠데타군에게 순식간에 제압당한 것이다.
곧이어 쿠데타군이 마 수상을 지하 벙커로 끌고 갔다.
그와 동시에 위장 훈련을 하며 이동하고 있던 특수전 부

대가 방향을 틀어 국방성과 육군본부를 점령하고 장성들을 감금했다

군의 지휘계통이 마비되자 쿠데타군에 저항하는 움직임은 일어나기 어려워졌다.

그때 드봉 경비사령부의 탱크와 장갑차도 정부 청사를 포위하고 있었다.

뒤이어 전후방 주요 지휘관들이 앞다투어 쿠데타를 지지하고 나섰다.

율반 경비사령부 헌병들이 국가 기간방송사를 점령하자 군의 궐기 선언문이 방송됐다.

"무속 정치를 종식하고 민주주의를 꽃피우기 위해 궐기했음."

"미원일 수상은 실정(失政)의 책임을 지고 자진 사퇴했음."

"최고 통치기구인 중앙비상위원회의를 설치하고 행정, 입법, 사법 3권을 장악했음."

"중앙비상위원회 의장에는 계엄사령관 겸 육군총장 위대일 대장이 겸직함."

"국회를 해산하고 1년 안에 총선거를 실시해 새로운 정부

를 선출하도록 하겠음."

"계엄령은 총선거를 실시할 때까지 존치함."

지하 벙커에 연금된 마원일 앞에 촬영 팀이 도착했다.

쿠데타군이 "낭독해 주십시오."라며 준비해온 자진 사퇴서를 내밀었다.

"무속과 유착해 나라를 어지럽힌 과오를 반성하고 더 이상 혼란이 없도록 자진 사퇴한다."

수상의 자진 사퇴서 낭독 실황은 즉각 방송됐다.

이튿날 아리카 정부가 쿠데타를 지지하고 나섰다.

"율반의 조속한 안정을 희망한다."

뒤이어 마원일이 '신병 치료'라는 명목으로 아리카로 출국했다.

쿠데타가 성공하자 중앙비상위원회는 서둘러 화합 조치를 단행했다.

맨 먼저 시위 구속자들을 풀어줬다.

뒤이어 아리카 영사관을 점거하고 있던 인질범들에게 처벌 면제와 안전한 퇴로를 보장했다.

그러자 인질범들은 인질 전원을 풀어준 뒤 소리 없이 사라졌다.

율반 사회는 몰라보게 안정되기 시작했다.

마원일 수상의 실각으로 항쟁 명분이 사라진 좌파들은 동력과 존재감이 크게 약해졌다.

암약하던 율반족도 쿠데타군의 위세에 눌린 탓인지 바싹 엎드려 있었다.

국회가 해산된 정치권은 계엄령 아래서 더욱 무기력할 수밖에 없었다.

사회질서가 정상화되고, 경제가 활기를 되찾기 시작했다.

라이퐁 보안부 요원의 눈물

❍❍❍❍❍

라이퐁 최고 보안부의 당순원 중좌와 류소태 소좌는 크게 낙담했다.

"인질극이라는 히든카드까지 던졌건만 쿠테타 한방에 만사가 수포로 돌아갔군."

"고생한 우리 공작원들과 세포들의 신변이 걱정됩니다."

"모자와 복면을 쓰고 행동했으니 신원이 드러나기는 어려울 거야."

"그래도 만사 튼튼하게 대책을 세워야 하지 않겠습니까."

그 직후 세 가지 지침이 세워졌다.

세상을 바꾼 호신용 스프레이

"급파된 공작원들은 율반에 들어갈 때처럼 소형 잠수함으로 복귀한다."

"율반에 상주(常駐)하는 공작원들은 본인의 판단에 따라 일상생활을 계속하거나 귀국한다."

"공작원들의 지휘를 받는 세포들은 공작원 책임 아래 대처한다."

공작 실패의 후폭풍은 거기서 그치지 않았다.

며칠 뒤 두 사람에게 지휘 계통을 밟지 않고 무단으로 공작을 벌인 데 따른 징계가 내려졌다.

"당순원 중좌는 해임."

"류소태 소좌는 첩보 학교 교관 보임".

그날 저녁 두 사람은 아무도 없는 보안부 연병장 귀퉁이에 앉아 작별 인사를 나누었다.

"선배님, 죄송합니다. 제가 잘못 모신 것 같아서."

"반전에 반전을 거듭하더니 결국 우리가 진 거지?"

"선배님의 애국심을 몰라주는 상부가 야속합니다."

연병장 너머로 저녁노을이 지고 있었다.

"저 노을이 흡사 내 신세처럼 보이는군."
"용기를 잃지 마십시오. 선배님의 역량으로 봐서 조만간 롤백할 수 있을 겁니다."

그 말을 듣고 울컥해진 당순원이 입술을 지그시 깨물었다.

"자존심 상해서 말하기 싫지만 율반 우파는 참 대단한 족속들이야."
"저력이 있는 것 같습니다."
"그들에게 역전패 당했다고 생각하니 많이 아쉬워."

그 말을 하는 당순원의 눈에 핑그르르 눈물이 맺혔다.

"어이 류소태. 술 한잔 할까?"

"당연하죠."

두 사람은 어깨동무를 하고 힘차게 노래를 부르며 연병장을 가로질러 걸어갔다.

"밤하늘에 반짝이는 다섯 개의 별
우리의 갈 길을 인도하신다.
새벽이 올 때까지 꺼지지 않고
조용히 우리를 지켜 주신다.
나가자! 나가자! 승리의 그날까지
이기자! 이기자! 라이퐁 인민이여"

저녁노을을 바라보고 걸어가는 두 사람의 등 뒤로 그림자가 길게 드리우고 있었다.

우리 주변의 암적(癌的) 존재들

암적(癌的) 존재 척결

ⵜⵔⵔ

"쿠데타의 서슬이 시퍼런 이때가 개혁의 최적기야."

중앙비상위원회 위대일 의장의 머릿속에는 개혁의 밑그림이 자리 잡고 있었다.

그가 생각하는 키워드는 '우리 주변의 암적(癌的) 존재 척결'이었다.

암적 존재란, 기득권을 지키려고 탈법과 편법을 밥 먹듯이 하는 소수 특권층을 지목한 것이다.

결심이 선 그는 저항을 최소화하는 방법을 고민하기 시작했다.

"물리적 응징을 한 다음, 그 여파를 타고 제도적 개혁을

우리 주변의 암적(癌的) 존재들

단행하는 것이 효과가 클 테지."

그런데 자신이 입법권까지 쥐고 있는 만큼 제도 개혁을 하는 데는 어려움이 없을 것 같았다.

5월 쿠데타 이후 국회를 해산하고 중앙비상위 안에 비상 입법기구를 설치했기 때문이다.

하지만 물리적 응징을 맡길만한 사람이 마땅하지 않았다.

"아무에게나 맡기기엔 위험부담이 너무 커. 비밀이 새 나가면 만사가 도루묵이 될 수 있어."

숙고를 거듭하던 중에 불현듯 라이퐁(가상의 나라)에서 사업을 하고 있는 옛 부하가 떠올랐다.

"최고의 적임자를 옆에 두고 며칠을 헤매다니."

가려운 곳을 긁어줘야 해

◑◐◐◑◑

"안가(安家)에는 처음 와 보지?"

"집무실에선 여러 번 뵀지만 여기는 처음입니다."

"사업은 잘 되고 있나?"

"분에 넘치게 밀어 주셔서 번창하고 있습니다."

인사를 마치자 위대일 대장은 30대 중반의 남자에게 술을 권했다.

"한잔 들게."

"무슨 일이라도 있으십니까? 갑자기 호출하셔서……."

율반(栗盤, 가상의 나라)의 최고 권력자인 위대일 대장은 평

소와 달리 소심해 보였다.

그는 작년 12월 마원일 수상 부인이 암살된 이후 빚어진 좌, 우파 대결의 혼란 속에 지난 5월 쿠데타를 일으켜 최고 통치기구인 중앙비상위 의장(육군총장 겸직)에 올랐다.

"거사는 성공했지만 걱정이 태산이야."

"혼란이 잘 수습됐지 않습니까."

"진짜 할 일은 지금부터인 것 같아."

"…………… ."

"너를 부른 것도 그 때문이야."

"명령을 내리시면 뭐든지 하겠습니다."

"막상 집권해 보니 분단, 외교, 보수, 진보. 이런 것들은 필수품이 아니라 사치품에 불과해."

"지금까지는 국정의 핵심 과제들 아니었습니까."

"강대국에 의해 강제로 분단된 나라에서, 더구나 외국 군대가 주둔해서 지켜주고 있는 나라에서 자주적인 분단 문제 해결, 자주적인 외교를 부르짖을 입장이 되겠나?"

"좌, 우파 대결도 분단이 빚은 산물인 것 같습니다."

"그렇기 때문에 좌우 대결은 숙명적인 것이지 인위적으로 해결할 문제는 아닌 것 같아."

"하지만 좌파들은 정부 전복까지 노리고 있잖습니까."

"법을 어기면 법으로 엄하게 다스리면 돼. 우리 정보기관도 귀를 열고 있고."

"보수와 진보도 안으로 들어가 보면 거기가 거기 같습니다."

"정치하는 놈들이 정략적으로 갈라놓은 분열일 뿐이지."

"하지만 진보 진영에서는 자유민주주의를 부정하거나, 대광(율반과 대치 중인 가상의 사회주의 국가)과 내통하는 세력이 있잖습니까."

"그들은 이제 한 줌의 모래에 지나지 않아. 그렇다 해도 끝까지 추적해 씨를 말려야 해."

"경제도 중요한 과제가 아니겠습니까."

"물론 중요하지. 하지만 정부가 용을 쓴다고 경제가 좋아질까? 기업이 열심히 뛰고 상황이 받쳐줘야 경제가 일어나는 것 아니겠어? 율반은 정부가 통제해야 하는 개발도상국이 아니야."

"그렇다면 뭐가 중요하다고 보십니까?"

우리 주변의 암적(癌的) 존재들

위 대장은 잠시 생각하더니 입을 뗐다.

"국방과 치안, 그리고 사회규범이 정의롭게 작동하도록 관리하는 것, 그게 정부가 할 일이야."

"탁견이십니다."

"그런데 우리 주변엔 사회정의를 짓밟는 암적(癌的) 존재들이 너무 많아. 보수든 진보든."

"법적으로 조치하면 되지 않습니까."

"섣불리 건드리기엔 너무 커버렸어. 자칫하면 역풍이 불 수 있어."

정의를 구현하는데 역풍이 불 수 있다는 말에 부아가 치민 남자가 물었다.

"암적인 존재가 누구길래 그런 말씀을 하시는 겁니까."

위 대장은 대답 대신 얼굴을 찌푸렸다.
그러자 남자가 속사포처럼 되물었다.

"혹시 배를 더 불리려고 야비한 짓을 일삼는 특권층 아닙니까?"

내면에 잠재해 있던 기득권 세력에 대한 불만이 부지불식간에 터져 나온 것이다.

그가 장교가 되기 위해 군관학교에 입교한 것도 저희들끼리 밀어주고 당겨주며 호의호식하는 소수 특권층이 없는 사회에서 살고 싶었기 때문이었다.

위 대장은 정곡을 찌르는 질문에 마음속으로 탄복했다.

"역시 이심전심으로 통하는 친구야."

특히 자기의 구상을 실현해줄 탁월한 실행자를 눈앞에서 확인하니 자신감이 생겼다.

위 대장의 본심을 꿰뚫은 남자는 한발 앞서 나갔다.

"국민의 가려운 곳이 있다면 긁어줘야 하고, 상처가 있다면 약을 발라줘야 하지 않겠습니까."

위 대장은 머뭇거리다가 어렵사리 입을 뗐다.

"쉬운 일이 아니야. 구석구석 그들의 프락치가 심겨 있어. 내 코 밑에까지 파고든 것 같아."

그 순간 왕동청은 위 대장이 자기를 부른 이유를 알 것 같았다.

"특권층의 영향권에서 벗어나 있는 나에게 맡겨야 믿을 수 있기 때문이겠지."

그러자 특권층에 포위된 것 같은 위 대장에게 용기를 북돋아 주고 싶었다.

"걱정하지 마십시오. 지금까지는 지도자가 그들에게 휘둘렸기 때문에 실패했지만, 의장님이 확고하게 소신을 지켜 주신다면 틀림없이 성공할 수 있습니다."

위 대장은 천군만마를 얻은 것처럼 흡족했다.

"소수 특권층은 기득권을 놓지 않으려고 온갖 편법과 탈법을 동원해 서민들을 멍들게 하고 있어. 내가 집권하는 동안 사회정의 하나만큼은 반드시 바로 세우겠어."

우리 주변의 암적(癌的) 존재들

소수 특권층을 향한 분노

⌒○⌒○⌒

호텔로 돌아온 왕동청(王東靑)은 조금 전 위대일 대장과 나눈 대화를 곰곰이 되씹어봤다.

"네가 군복을 벗을 때 끝까지 도와주지 못한 것이 평생의 한이 되고 있어."

"그땐 의장님도 불가항력적인 상황이었잖습니까. 이젠 잊어 주십시오."

5년 전 위 장군이 108사단장으로 재직할 때 왕동청 대위를 부관으로 발탁했다.

왕동청은 군관학교 수석 입교에 이어 아리카에서 특수전 코스를 수료한 무술 고단자였다.

왕 대위는 위 사단장의 관사에서 숙식을 하며 위 장군의 가족들과도 끈끈한 관계를 맺었다.

그런데 어느 날 밤 관사에 권총을 든 괴한이 침입했다.

왕동청 대위는 위 장군을 지키기 위해 결사적으로 괴한과 맞섰다.

격렬히 몸싸움을 하는 과정에서 권총의 방아쇠가 당겨지고 괴한은 사망했다.

괴한은 군대 안에서 위 장군과 앙숙 관계인 림표량 장군 측에서 보낸 자객이었다.

위 장군이 백방으로 구명운동을 벌였으나 왕동청은 재판에서 정당방위를 인정받지 못했다.

결국 왕동청은 집행유예로 풀려나면서 예편했다.

그 뒤로 위 장군은 죄책감을 떨칠 수 없었다.

"아까운 재목인데 나 때문에 빛도 못 보고……."

민간인 신분이 된 왕동청은 위 장군의 주선으로 라이퐁으로 건너가 무기 중개업을 시작했다.

그러다가 위 대장이 집권한 이후 세 차례나 불러 요직을 권했으나 왕동청은 사양했다.

"나를 평생 죄인으로 만들려고 작정을 했나? 왜 안 하겠
다는 거야."

"군복을 벗고 사업을 해 보니 이게 천직이라는 걸 깨달았
습니다."

"나를 도와주지 못하겠다는 거야?'

"제가 도와드릴 일이 꼭 있을 겁니다. 그땐 제 발로 달려
오겠습니다."

왕동청은 이번에도 빨리 들어오라는 전갈을 받고 흔들리
지 말자고 마음을 다잡았었다.

"장군님이 대업을 이루었으니 나의 한도 다 풀어졌어. 장
군님과의 인연은 거기까지야."

하지만 기득권 세력 앞에 주춤거리는 위 대장의 고충을
들어 보니 분노가 치밀어 올랐다.

"어떻게 이룬 대업인데 기득권 세력한테 밀리다니."

분을 이기지 못한 왕동청은 "만난을 무릅쓰고 뛰어들겠다."고 약속하지 않을 수 없었다.

"암적 존재가 누구인지 말씀해 주실 수 있습니까?"
"………………."

왕동청은 더 이상 묻고 싶지 않았다.

"제가 알아서 하겠습니다. 대신 부탁드릴 말씀이 있습니다."
"말해 보게."
"효과를 보려면 제도적 개혁과 물리적 응징이 합해져야 합니다."
"그래서 너를 부른 거야."
"저는 응징에 전념하겠습니다."
"불을 붙여만 주게. 나도 복안이 있으니까."
"이후로는 일절 보고드리지 않겠습니다."
"지시도 안 할 거야. 이심전심으로 해보자고."

우리 주변의 암적(癌的) 존재들

전직 정보요원 K

ᴥ○◠○◡

    왕동청은 라이퐁으로 돌아오자마자 전직 정보요원 K를 만났다.

    K는 2년 전 OPK(율반 정보기관)에서 퇴직한 뒤 라이퐁에서 여행사를 운영하고 있었다.

    두 사람은 같은 나이의 무술 고단자라는 동질감 때문에 의기투합한 사이였다.

    "율반엔 잘 다녀왔지?"

    "일이 생겼어."

    허물없는 사이지만 왕동청은 왠지 모르게 긴장이 됐다.

"율반에서 탈법과 편법으로 호의호식하는 특권층이 누구라고 생각해?"

단도직입적으로 던진 질문인데도 뜻밖의 대답이 돌아왔다.

"안 그래도 현직에 있을 때 검토한 적이 있어."

왕동청이 반색을 하며 재촉했다.

"누구야? 그들이."

K는 한동안 기억을 더듬더니 말을 꺼냈다.

"크게 봤을 때 세 가지 유형으로 나눌 수 있어."

왕동청의 목에서 침이 꼴깍 넘어갔다.

"세 가지라고?"

우리 주변의 암적(癌的) 존재들

"첫째가 법조계의 특권화, 둘째가 상류층의 병역 면탈, 셋째가 고소득 전문직의 탈세."

왕동청은 응징 대상의 가닥이 잡히는 것 같았다.

"그중에서 가장 심각한 곳이 어딜까?"

K는 주저 없이 대답했다.

"법조계가 가장 심한 것 같아."
"구체적으로 설명할 수 있어?"
"로펌이 가장 강력한 덩어리지. 난공불락(難攻不落)의 존재야."

'난공불락(難攻不落, 공격하기 어려울 뿐 아니라 쉽게 함락되지도 않음)'이라는 말에 왕동청은 놀랐다.

"어느 정도길래 난공불락이라는 거야?"
"막강한 두뇌, 인맥, 자금의 집합소라고 보면 돼."

"재판 승소율도 높겠네?"

"당연하지. 재판에 이기기 위해 필요한 사람들이 다 모여 있으니까."

"보통 사람들은 넘볼 수 없겠군."

"법원이 우리 사회의 최후 보루라면 로펌은 기득권층의 든든한 보루라고 할 수 있지."

왕동청은 로펌이 율반 사회의 공룡으로 군림하고 있다는 소문이 사실임을 깨달았다.

그러자 자기도 모르게 어금니가 꽉 깨물어졌다.

"그 다음은?"

"법조인들끼리 덮어주고 봐주는 법조 카르텔이지. 전관예우는 빙산의 일각이야."

"드러난 사례가 있나?"

"법복을 벗고 1년 만에 천문학적인 수임료를 번 율사가 수두룩해."

"그러니까 유전무죄(有錢無罪) 무전유죄(無錢有罪)라는 말이 나오는구나."

우리 주변의 암적(癌的) 존재들

왕동청의 손이 분노를 참지 못하고 부르르 떨렸다.

"그 다음은?"

"법조문의 맹점을 파고들어 법망을 피해 가는 법률 기술자, '법꾸라지'라고들 하지."

"누군지 알겠다."

"언론에 오르내린 몇몇 사람들이 대표적인 법꾸라지들이야."

충격을 받은 왕동청이 잠시 숨을 고르다가 이해할 수 없다는 듯이 물었다.

"이따위 것들이 근절되지 않은 이유가 뭘까?"

"그게 기득권 세력의 힘이라는 거지. 자기들이 처벌 권한을 가지고 있는데 근절이 되겠어?"

"법치국가에서 있을 수 있는 일인가?"

"법치국가니까 있을 수 있는 거야. 법은 그들만의 전유물과 같으니까."

왕동청은 문득 개혁에 나서려는 위대일 의장이 생각났다.

"최고 지도자가 나서면 될 것 아닌가."

"모르긴 몰라도 엄두를 낼 수 없을걸. 그들에게 포위당했
을지 모르니까."

그 순간 왕동청은 "코 밑에까지 특권층의 프락치가 파고
든 것 같다."라고 토로한 위대일 장군의 말이 떠올랐다.

"기득권을 지키려는 특권층의 탐심(貪心)이 이 정도로 집
요하단 말인가……."

분노가 커질수록 "반드시 응징하겠다."는 왕동청의 결심
은 굳어져 갔다.

"병역 면탈은 어느 정도야?"

"주위를 둘러보라고. 멀쩡한 놈들이 군대 빠지는 것, 이
젠 화젯거리도 아니야."

"유명 인사도 있나?"

우리 주변의 암적(癌的) 존재들

"수두룩하지. 사회 지도층 인사에서부터 재벌, 연예인, 언론인까지."

"하기야 똥 꽤나 뀌니까 군대를 빠질 수 있겠지."

"군대에서 목숨 걸고 고생하는 흙수저들만 불쌍해."

"헌법이 정한 의무를 누구는 지키고 누구는 회피하고…. 나라 꼴 잘 되어간다."

왕동청은 도대체 이런 일이 어떻게 일어나는지 궁금했다.

"빠지는 놈들도 나쁘지만 빼주는 놈들이 더 나쁜 것 아닌가?"

"전문 브로커를 비롯해 커넥션이 존재하고 있어. 국방을 해치는 역적들이지."

또다시 왕동청의 손이 부르르 떨렸다.

"고소득 전문직들이 탈세를 그렇게 많이 하나?"

"내가 현직에 있을 때 자료를 보고 까무러칠 뻔했다니까. 상상을 초월해."

"카드 결제를 할 텐데 탈세가 가능한가?."

"현금 박치기 수법도 허다하고."

"수입이 있는 곳에 세금이 있는 것 아니야?"

"그건 서민에게 해당하는 논리지. 세상엔 특권이 판을 치는 별천지도 있으니까."

여기까지 말한 K는 정색을 하고 물었다.

"무슨 일 있어? 무기 장사꾼이 이런 걸 묻는 이유가 궁금하네."

"실은 너의 도움이 필요해."

"뭔데?."

"율반 당국에서 프로젝트를 가동하려고 해. 나도 미션을 받았지만."

"소수 특권층 척결?"

"응."

"나도 현직에 있을 때 기획안을 올렸지만 위에서 깔아뭉개는 바람에 무산된 적이 있어."

"기득권 세력이 손을 썼나 보군."

우리 주변의 암적(癌的) 존재들

"그 바람에 진급도 못 하고 옷을 벗었지만 지금도 그 생각을 하면 치가 떨려."

그와 동시에 두 사람은 누가 먼저랄 것도 없이 힘껏 손을 잡았다.

"우리 한번 해보자."
"오케이. 한을 풀어야지."

최고 지도자의 용단(勇斷)

◖◯◖◯◗

"부르셨습니까? 의장님."

중앙비상위원회 입법회의의 총무가 위대일 의장에게 불려왔다.

입법회의는 5월 쿠데타로 국회가 해산된 뒤 설치한 비상입법기구다.

"모 총무, 몇 가지 지시를 할 테니 법령 개정을 극비리에 준비하시오."

모혁운 총무는 지시사항을 받아 적으려고 수첩을 폈다.

위 대장은 준비해온 메모지를 보며 법조계 개혁부터 읽

우리 주변의 암적(癌的) 존재들

어 내려갔다.

"대법관 및 헌재 재판관 변호사 개업 금지."

"편법 성공보수 엄단."

"율사 수임료 상한선 설정."

"판, 검사 재임용 요건 강화."

"율사의 판, 검사 임용 금지."

"법조인 형사처벌 수위 상향."

"율사 개업 허가권을 변협에서 법무성으로 이관."

"배심원 제도 도입."

"기소장 및 판결문 공개."

"재판 실황 녹화."

"사법시험 및 행정고시 폐지. 7급 시험 → 연수원 → 7급 → 6급 → 5급, 판사, 검사, 변호사로 승진하는 시스템 도입."

이어서 병역법 개정을 지시했다.

"병역 미필자 공직 제한."

"미필자 공직 퇴출."

"병역 특례 (예체능, 산업기능, 전문연구요원) 폐지."

"병역 비리 처벌 강화."

지시사항을 받아 적은 모 총무가 놀란 표정으로 위 대장
을 쳐다봤다.

"어떻소?"

"가히 혁명적입니다."

"내가 쿠데타를 했으니 혁명적인 조치는 당연한 것 아
니오?"

"만시지탄(晩時之歎)이지만 올 것이 온 것 같습니다."

"3개월 안에 법령 개정을 완료하시오, 새 나가면 주 총무
가 흘린 것으로 간주하겠소."

"만전을 기하겠습니다."

잠시 뒤 세무청장이 불려왔다.

"로펌 및 로펌 소유권자 세무조사."

"율사 개업 후 1년 동안 집중 세무조사."

"고소득 전문직 전산 납세 의무화 및 수익 세율 인상."

"병역 미필자 대상 국방세(國防稅) 신설."

받아 적기를 마친 세무청장이 물었다.

"시행은 언제 하면 되겠습니까?"

"극비리에 준비하고 있으면 지시를 내리겠소."

뒤이어 국방상이 불려왔다.

"70세 이하 병역 미필자 병역의무 대체 활동 도입(군부대 노력 봉사 등)."

"60세 이하 미필자 재(再) 신체검사."

"향후 입영 신체검사 결과 공개."

마지막으로 OPK(율반 정보기관) 국장이 불려왔다.

"그 동네는 요즘 한가한 모양이지?"

국장의 얼굴이 사색이 됐다.

"열심히 하고 있습니다만 좀 더 분발하겠습니다."

"법조계 동향은 왜 보고 안 하나."

"조만간 심층 보고서를 올리겠습니다."

"심층 보고도 좋지만 단편 보고라도 자주 올리시오."

"명심하겠습니다."

"앞으로 로펌과 최근 퇴직해서 개업한 율사 동향, 특히 전관예우 부분을 체크하시오."

"특별팀을 만들어 주시하겠습니다."

"끼리끼리 뭉쳐서 봐주고 하는 것도 빠짐없이 적발하시오, 심하다고 할 정도로 해도 좋소."

"모든 방법을 총동원하겠습니다."

"술집 여종업원들이 제일 싫어하는 손님이 누군지 아시오?"

"거드름 피우고 오만방자한 법조인들이 더러 있는 걸로 들었습니다."

"무슨 돈으로 비싼 술을 마시나? 골프장과 고급 술집을 정기적으로 체크하시오."

우리 주변의 암적(癌的) 존재들

응징 대상자 선별

∩○∩○↻

라이퐁에 있는 왕동청과 전직 정보요원 K는 머리를 맞대고 응징 대상자 선별에 들어갔다.

K가 알고 있는 정보와 인터넷을 통한 공개정보를 바탕으로 추출한 50명을 두고 압축한 끝에 최종적으로 3개 분야에 1명씩을 선별했다.

〈법조계〉 로펌 대표 1명
〈고소득자 탈세〉 의사 1명
〈병역 면탈〉 언론인 1명

"분야별로 상징성이 있는 인물들을 추렸으니 일이 벌어지면 파급효과가 상당할 거야."

일을 시작하기도 전에 왕동청은 들떠 있었다.

이를 본 K가 갑자기 제동을 걸었다.

"다시 생각해 보니 이곳저곳 건드리면 의적(義賊)이 아니라 잡범 취급받을 것 같아."

"그렇다면 시차를 두고 하나씩 집행하면 어떨까?"

"상징성이 가장 큰 하나만 집중해서 오지게 때리는 게 효과가 크다고 봐."

방향이 잡히자 왕동청이 역할 분담을 제의했다.

"나는 군인 출신이라 솔직히 공작은 잘 몰라."

"무슨 겸손의 말씀을."

"네가 집행을 총괄하고, 나는 자금 동원과 같은 후방 지원을 하면 어떨까?"

"아무리 그래도 네가 갑이고 나는 을에 불과해."

"재능대로 일하는 게 정답인 것 같아. 그래야 성공하지 않겠어?"

기득권 세력의 반격

∾◐◯◔◑

율반의 최고 지도자가 그토록 비밀 엄수를 당부했는데도 특권층을 겨냥한 개혁 태풍이 불 것이라는 소문이 퍼져 나갔다.

소문의 진원지는 세무청 소속 국장이었다.

퇴직을 앞두고 로펌에 취업을 타진하고 있던 국장이 정보를 입수하고선 Y로펌의 웅가일 대표를 찾아간 것이다.

"세무조사는 고사하고 대표님 신상까지 위태로울 수 있습니다."

"무슨 뜻입니까?"

"제도 개혁과 물리적 응징을 병행한다고 들었습니다."

"확실한 정보입니까?"

"위대일 의장 주변에서 나온 얘기라고 합니다."

"혹시 누가 움직이고 있는지 아시나요?"

"제도 개혁은 의장이 직접 챙기고 있답니다."

"물리적 응징은?"

"위대일 의장의 옛 부하가 얼마 전 다녀갔다고 합니다."

즉각 로펌 간부진의 구수회의가 열리고 결론이 내려졌다.

"물리적 응징이 실패하면 제도 개혁도 물 건너갈 것이니 응징부터 무산시켜야 한다."

안테나를 총동원해 위 의장의 옛 부하가 라이풍에서 사업을 하는 왕동청임을 알아냈다.

Y로펌의 웅가일 대표는 묘안을 찾으려고 밤잠을 설치며 고심했다.

그는 대대로 부유한 집안의 장손으로 초일류의 스펙을 쌓아왔다.

막강한 아성을 구축한 그에게 도전한다는 것은 계란으로 바위를 치는 무모한 짓이었다.

우리 주변의 암적(癌的) 존재들

하지만 막상 자신에게 위해가 가해질지 모른다고 생각하니 공포감이 온몸을 파고들었다.

그때 라이풍에서 외교관 생활을 한 로펌 직원이 아이디어를 건넸다.

"왕동청의 아킬레스건은 라이풍의 웅천에서 무기 공장을 하고 있는 장리혼 회장입니다."

"장리혼 회장이 왕동청을 움직일 수 있단 말인가요?"

"장 회장은 무기 중개상인 왕동청의 모가지를 쥐고 있습니다. 무기를 공급하고 있으니까요."

"장리혼 회장을 어떻게 움직일 수 있습니까?"

"그는 율반 주재 라이풍 대사와 절친입니다."

대사와 교분이 깊은 웅가일 대표는 안도의 숨을 내쉬었다.

왕동청의 변심

∩○∩⊃

K는 준비를 서둘렀다.

맨 먼저 떠오른 인물이 라이퐁 국적의 율반족 조태령이었다.

그는 K가 OPK(율반 정보기관)에서 근무할 때 공작원으로 채용해 3년 동안 생사고락을 함께한 사이로 지금은 라이퐁에서 흥신소를 운영하고 있었다.

"설명을 들어 보니 어때?"
"별것 아니군요."

K는 뛸 듯이 기뻤다.

　　　　　　　　우리 주변의 암적(癌的) 존재들

"하긴 조 동지 실력이면 하룻저녁 안줏거리도 안될 거야."

그러자 조태령이 K를 똑바로 쳐다보며 정색을 했다.

"일을 뒤탈 없이 해내려면 A급 인력을 써야 합니다."
"걱정하지 마. 지원은 충분히 할 테니까."
"수일 내로 준비를 완료해서 브리핑하겠습니다."

K는 일이 순조롭게 풀린다고 생각하니 흐뭇했다.
그런데 이상한 일이 벌어졌다.
왕동청이 이 핑계 저 핑계를 대며 만남을 피하는 것이
었다.
왕동청의 사업장과 숙소까지 찾아갔지만 만날 수가 없
었다.
얼마 뒤부터는 통화마저 두절됐다.
"이 친구가 누군가의 손을 탄 건 아닐까?"라는 불길한 생
각이 스쳐 갔다.
하는 수 없이 조태령에게 "사정을 알아보라."고 지시했다.
다음 날 아침 조태령이 헐레벌떡 뛰어왔다.

"왕동청이 변심한 것 같습니다."

K는 너무 놀란 나머지 자기도 모르게 소리를 질렀다.

"쓸데없는 소리 그만해."

"흥분하지 마십시오. 정보맨답지 않습니다."

"어떻게 알아냈어?"

"어젯밤에 해커를 시켜 왕동청의 메일을 뒤져봤더니 증거가 나왔습니다."

"증거라니?"

"웅천에 있는 장리혼 회장 아시죠?"

"왕동청에게 물건을 대주고 있지."

"장리혼이 왕동청에게 보낸 메일에 왕동청을 협박한 내용이 있었습니다."

"어떤 협박?"

"당장 그만두지 않으면 거래를 끊겠다고."

망연자실(茫然自失)한 K에게 조태령이 결정타를 날렸다.

우리 주변의 암적(癌的) 존재들

"탈세한 자료를 폭로하겠다는 협박까지 했습니다."

라이퐁에서 탈세를 하면 징역 7년 이하의 처벌을 받는다. K는 할 말을 잃었다.

"지독한 놈이군."

"장리흔은 사채(私債)놀이로 돈을 번 놈입니다. 무슨 짓이라도 할 놈입니다."

겁박당하는 최고 지도자

●○○○ↄ

율반의 최고 권력자인 중앙비상위원회 위대일 의장은 초조했다.

아무리 기다려도 왕동청이 맡은 '응징'이 벌어지지 않기 때문이었다.

"물리적 응징이 선행되지 않으면 제도 개혁을 단행하기 어려워지는데…."

누구에게 알아보라고 할 수도 없고 답답할 뿐이었다.

하는 수 없이 왕동청과의 약속을 어기고 연락을 취해봤지만 이뤄지지 않았다.

그러자 온갖 불길한 생각이 떠올랐다.

우리 주변의 암적(癌的) 존재들

"기득권 세력에게 비밀이 새 나가 왕동청이 당한 것은 아닐까?"

"이번에도 기득권 세력의 훼방으로 개혁이 물거품이 되는 건가?"

그때 OPK(율반 정보기관) 국장이 찾아왔다.

"의장님. 급히 여쭤볼 일이 있습니다."

"말해 보시오."

"지금 A신문사에서 사모님이 여고 동창으로부터 고가의 시계와 옷을 뇌물로 받았다는 제보를 받고 기사를 준비하고 있다고 합니다."

"터무니없는 말 하지 마시오."

"하나 더 있습니다."

"또 뭐요?"

"따님이 주가 조작에 관계했다는 제보가 들어왔다고 합니다."

"쓸데없는 소리. 도대체 어떤 놈이 제보했다는 거요?"

"사실무근이라면 당장 조치하겠습니다만 좀 더 확실하게

알아보는 것이 좋을 듯합니다."

위대일 의장이 부인에게 전화를 걸었다.

"시계하고 옷 받은 적 있어?"

부인 리효계 여사로부터 기막힌 대답이 돌아왔다.

"손지갑 1개는 받은 적 있어요. 그것도 동창과 함께 시장에 같이 갔다가 행상에게 산 거예요."

위 의장은 혹시나 하는 마음에서 경호실에 지시해 의장 공관을 수색토록 했다.
하지만 고급 시계와 옷은 발견되지 않았다.
성질이 뻗친 위 의장은 제보자 색출을 지시했다.
OPK(율반 정보기관)가 추적해 보니 3단계를 거쳐 제보된 것이었다.
리 여사 동창의 남편이 직장 상사에게 "집사람이 리효계 여사에게 선물을 할 정도로 가깝다."라고 말하자, 상사는 사

우리 주변의 암적(癌的) 존재들

장에게 "고급 시계와 옷을 선물한 것으로 보인다."라고 했고, 사장은 대학 동창인 A신문사 사장에게 "뇌물을 준 것 같다."라고 전했다는 것이다.

위 의장 딸의 주가 조작설도 주가를 올리기 위한 투자자들의 조작극으로 밝혀졌다.

증권청에서 확인한 결과, 위 의장 딸이 보유한 주식은 전무했다.

그런데도 언론은 진위 여부를 가리는 기사를 양산하는 방식으로 의혹을 키워갔다.

덩달아 "카더라."식의 유언비어가 널리 퍼져나갔다.

충격을 받은 리효계 여사는 식사도 거른 채 드러누웠고, 딸은 직장을 그만두고 두문불출했다.

위 의장은 억울하게 비난받는 가족들이 안쓰러워 일이 손에 잡히지 않았다.

더구나 가족의 도덕성이 실추된 상황에서 개혁을 추진할 자격이 있는지 회의감마저 들었다.

"언론이 사람 하나 죽이는 것은 일도 아니군."

자괴감을 곰씹고 있는 중에 OPK에서 배경을 파악하여 보고했다.

"소동이 벌어진 배후에는 기득권층이 의장님을 흔들어 개혁을 무산시키려는 음모가 숨어있음."

"병역 미필자인 A신문사 사장은 개혁에 거부감을 갖고 '뇌물을 받은 것으로 몰아가라'는 지시를 내렸다 함."

위 의장은 순간적으로 "감히 나를 겁박해?."라고 격분했다.

하지만 마음 한구석에는 "개혁에 저항하는 기득권 세력이 또 어떤 덤터기를 씌워 나를 공격할지 모른다."는 불안감을 숨길 수 없었다.

답답한 나머지 비서실장을 불러 하소연해 보았다.

"오 실장. 이럴 땐 어떡하면 좋겠소?"

용기를 북돋아 줄 줄 알았던 비서실장이 기대와 달리 김 빠지는 소리를 했다.

　　　　　　　　우리 주변의 암적(癌的) 존재들

"개혁의 속도를 줄이는 게 어떻겠습니까? 과속을 하려다 보니 저항이 나타나는 것 같습니다."

최측근조차 개혁을 만류하는 것을 보고 위 의장은 사면초가(四面楚歌)의 고립감을 느꼈다.

게다가 응징 역할을 맡은 왕동청까지 감감무소식이니 도무지 개혁할 기분이 나지 않았다.

전직 정보요원들의 의기투합

⌒○⌒○⌒

왕동청이 증발된 이후 낙심하고 있던 K의 휴대폰에 문자가 떴다.

"당분간 유럽과 중동을 돌며 사업하다가 들어갈게."

왕동청이 정식으로 개혁 열차에서 하차를 선언한 것이다. K는 오기가 생겼다.

"왕동청, 너는 압력 앞에 무너졌지만 나는 절대 포기하지 않는다."

문득 2년 전 OPK에서 근무할 때 탈법과 편법을 앞세운

우리 주변의 암적(癌的) 존재들

기득권층의 일탈에 분노해 척결 방안을 검토했지만 상부의
거부로 무산된 일이 주마등처럼 스쳐 갔다.

"그 일로 진급에서 누락되고 옷까지 벗었지."

잠자고 있던 소수 특권층을 향한 분노가 활화산처럼 끓
어올랐다.
다음 날 K는 OPK 선배인 L을 찾아갔다.
L은 7년 전 OPK의 고질병인 지역 차별에 희생돼 퇴직
했다.
그는 실직의 아픔이 가시기 전에 이혼까지 당하자 현실
을 도피하려고 라이퐁으로 건너왔다.
여러 가지 직업을 전전하다가 고급 살롱을 운영하는 5년
연상의 여자를 만나 재혼했다.
재혼한 처는 라이퐁 훈족으로 산전수전을 겪으며 재산을
모은 여장부였다.

"형님 나 좀 도와줘요."
"무슨 일 있어? 요즘 여행사가 대목이잖아."

K의 사정을 들은 L은 한참 주저하더니 어렵게 말을 꺼냈다.

"자네도 알다시피 내가 권한이 없잖아. 집사람과 상의를 해봐야 돼."
"형수님께 잘 말씀 드려보십시오."

L로부터 설명을 들은 처는 의외로 흔쾌히 응낙했다.

"당신이 억울하게 옷을 벗은 것도 기득권 세력에게 밀렸기 때문이야. 당신의 한을 풀어주는 의미에서 조건 없이 도와줄게."

L로부터 희소식을 들은 K는 즉시 조태령에게 준비를 지시했다.

"안 그래도 형님을 믿고 준비를 해왔습니다. 이제 점 하나만 찍으면 출발할 수 있습니다."

우리 주변의 암적(癌的) 존재들

K는 가슴이 뿌듯했다.

"조태령이 준비를 마쳤고, 자금도 준비됐으니 길일(吉日)을
택하는 일만 남았군."

응징(1)

ㅇㅇㅇㅇㅇ

    응징을 실행할 팀은 라이퐁 국적을 가진 2명의 율반족으로 꾸려졌다.

    팀장은 조태령이고, 행동대원은 율반에서 일한 경험이 있는 특수부대 출신이었다.

    두 사람은 Y로펌 대표인 웅가일 변호사의 사진을 보고 모의연습을 여러 차례 치렀다.

    구글 위성사진과 로펌의 홈페이지를 보고 지형지물을 비롯한 기초정보도 익혔다.

    얼마 뒤 칠흑같이 어두운 밤에 율반과 가장 가까운 대룡에서 어선 한 척이 출항했다.

    조태룡이 율반으로 밀입국하는 라이퐁 사람들을 싣고 갈 때 단골로 이용하는 어선이었다.

우리 주변의 암적(癌的) 존재들

한 번도 실패한 적이 없는 실적을 과시하듯 이번에도 무사히 율반 해안에 도착했다.

두 사람은 기다리고 있던 안내원을 따라 소리 없이 드봉(율반의 수도)으로 잠입했다.

맨 먼저 주택가 골목에 주차된 외제 자동차를 훔쳤다.

그리고 어두워지자 자동차 안에서 응가일 대표의 자택 앞을 지켜보고 있었다.

자택은 인적이 드문 고급 주택가에 있었다.

응가일 대표는 외부 일정 때문인지 밤늦게 집 앞에 도착해 차에서 내렸다.

곁에는 운전기사 겸 경호원이 붙어있었다.

그때 경찰관 복장을 한 남자 두 명이 응가일 대표에게 다가갔다.

"대표님이시죠? 기다리고 있었습니다."

"누구시죠?"

"상부의 지시를 받고 급히 서류를 전달하러 왔습니다."

그러면서 노란 봉투를 보여줬다.

"집에 갔다 두면 될 텐데 뭐 하러 기다렸소."

"중요한 것이니 직접 전달하라는 지시를 받았습니다."

이상한 낌새를 느낀 응가일 대표가 소리를 질렀다.

"당신들 어디서 왔소?"

옆에 있던 경호원도 달려들 기세였다.

그 순간 경찰관 복장의 남자가 허리춤에서 소음 권총을 뽑아 응가일의 이마에 한 발을 쐈다.

이어서 달아나는 경호원의 등에 대고 두 발을 쐈다.

그런 뒤 하늘을 보고 쓰러져 있는 응 대표의 배 위에 노란 봉투를 던지고 사라졌다.

봉투 안에는 '정의사회를 기다리는 모임' 명의로 작성한 '부도덕한 특권층을 응징한다'라는 제목의 성토문(聲討文)이 들어있었다.

성토문 안에는 법조계의 특권화, 고소득 전문직의 탈세, 상류층의 병역 면탈을 비난하는 내용이 빽빽이 담겨 있었다.

법조계의 거물이 살해되자 세상이 발칵 뒤집혔다.

보수 매체는 '살인'에 초점을 맞춰 대서특필했다.

반대로 진보 매체는 '부도덕한 기득권을 응징'한 측면을 눈에 띄게 다루었다.

이는 범인들이 성토문을 통해 '응징'을 강조한 탓도 있었지만, 한편으로는 기득권층을 향한 서민층의 반감을 대변하려는 의도도 있었다.

SNS에서도 '응징'을 옹호하는 글이 홍수를 이루었다.

진보 매체가 인터넷 여론조사를 한 결과, '살인'보다 '응징'에 더 많은 여론이 쏠렸다.

이는 다수 국민들이 '응징'을 타당한 것으로 받아들였기 때문으로 분석됐다.

날이 갈수록 특권층의 비리 척결을 열망하는 여론이 높아져 갔다.

응징(2)

ᕦ○○ᕤ

"한 발의 총성이 세계대전을 일으켰듯이 자네들 헌신 덕분에 율반엔 개혁 열망이 끓고 있어."

"다행입니다."

"2박3일 코스가 빡빡하지 않았나?"

"돌아오는 중에 풍랑을 만나 고생한 것 말고는 어려운 점은 없었습니다."

"별명(別命)이 있을 때까지 푹 쉬게."

"본업으로 돌아가겠습니다. 언제든지 부르시면 달려오겠습니다."

"수고했어."

K는 조태령에게 달러가 담긴 쇼핑백을 건넸다.

우리 주변의 암적(癌的) 존재들

로펌 대표를 제거했지만 그 정도로는 K의 성이 차지 않았다.

"오만한 법조계가 각성하려면 더 센 충격파를 던져야 해. 그래야 그들이 겁을 먹게 돼."

다음날 K는 라이퐁 국적의 전문 해커를 만났다.

20세의 젊은 해커는 흥신소를 운영하는 조태령이 단골로 이용하는 초일류 전문가였다.

"준비는 잘 되고 있겠지?"

"이미 공격 명령 파일까지 설치해 놓은 상태입니다."

"차질이 있어선 절대 안 돼."

"제 실력은 세계 최강입니다. 대광(율반과 대치하고 있는 사회주의 국가)에서조차 한 수 가르쳐 달라는 요청이 빗발치고 있습니다."

"언제라도 가능하겠지?"

"즉각 프로그램을 실행할 수 있습니다."

"좋아. 오늘 밤 자정에 실행해줘."

K는 해커에게 달러가 담긴 소핑 백을 건넸다.

정확히 자정이 되자 해커는 원격 제어로 '삭제 명령'을 내렸다.

이때부터 Y로펌의 자문, 계약, 소송에 관한 모든 정보를 관리하는 전산 시스템이 파괴되기 시작했다. 30분 뒤 서버의 절반이 파괴되고 전산망이 마비됐다.

율반 기득권 세력의 보루인 Y로펌이 일순간에 속빈 강정이 된 것이다.

잠시 뒤 율반의 언론사에 "부도덕한 로펌의 서브를 우리가 파괴했다."라는 발신자 불명의 메일이 도착했다.

우리 주변의 암적(癌的) 존재들

자신감을 회복한 최고 지도자

◖◗◖◗◖

Y로펌이 응징을 당한 뒤 불어온 후폭풍은 상상보다 거셌다.

맨 먼저 대학생들이 "법조계 특권화, 고소득 전문직 탈세, 상류층 병역 면탈."을 3대 악(惡)으로 규정하고 즉각적이고 단호한 척결을 요구하고 나섰다.

뒤따라 시민 사회단체들이 "사회정의를 구현하라."고 요구하며 시위를 벌였다.

예비역 단체인 재향군인회의 회원들은 공정한 병역의무를 촉구하는 대규모 시위를 벌였다.

뒤이어 놀라운 일이 일어났다.

전방에서 복무하고 있는 사병들이 "누구는 인삼을 먹고, 누구는 무를 먹느냐"며 상류층의 병역 면탈에 항의하는 집단행동을 벌인 것이다.

화들짝 놀란 국방성에서 '군인의 집단행동은 금지된 행위'라며 주동자를 구속시키려 했다.

그러자 "공평한 병역의무를 요구한 것이 무슨 죄가 되느냐."라는 국민들의 항의가 빗발쳤다.

여론이 들끓었다.

사회단체가 의뢰한 여론조사에서 부도덕한 기득권 척결을 지지하는 여론이 70%에 육박했다.

이윽고 상상도 못 할 사태가 벌어졌다.

청년 장교 2백여 명이 중앙비상위원회 청사 앞에서 위대일 의장을 향해 "개혁을 하지 않으려면 군으로 돌아가라."고 요구하는 시위를 벌인 것이다.

개혁을 압박하는 현역 장교들의 집단행동은 세상을 놀라게 했다.

"기득권층이 얼마나 부도덕했으면 사병들에 이어 장교들까지 처벌을 각오하고 나섰을까?"

개혁 열망이 용암처럼 분출되는 것을 본 위 의장은 슬럼

우리 주변의 암적(癌的) 존재들

프에서 벗어나 자신감을 되찾았다.

"드디어 때가 무르익었군."

그는 주저하지 않고 관계자들에게 준비해 놓은 개혁안을 "즉각 실행하라."고 지시했다.

개혁 조치가 가시화되자 감동을 받은 서민들의 환호와 박수 소리가 진동했다.

눈물을 흘리는 사람들도 많았다.

위 의장은 왕동청이 "큰일을 했다."며 자랑스럽게 생각했다.

"후하게 논공행상을 해야겠어."

용서를 구하는 왕동청

∙○∩○⊃

율반의 개혁이 이뤄진 뒤 왕동청은 라이퐁으로 돌아와 K 앞에 무릎을 꿇고 용서를 빌었다.

"입이 열 개라도 할 말이 없다."

K는 왕동청을 미워할 마음은 없었지만 꼭 해줄 말이 있었다.

"군인과 정보맨의 다른 점이 뭔 줄 아나?"
"⋯⋯⋯⋯⋯⋯."
"군인은 명령에 살고 죽지만, 정보맨은 애국심에 살고 죽어."

우리 주변의 암적(癌的) 존재들

"면목이 없다."

"정보맨이 목숨을 걸고 임무를 수행하는 것도 애국심 때문이지 부귀영화를 원해서가 아니야."

"………………."

"붙잡힌 스파이가 변절하지 않는 것도 애국심 때문이지."

"………………."

"그런데 너는 명령도 애국심도 다 차버렸어."

"내가 생각이 짧았어."

"걱정하지 마. 네가 하차한 것은 비밀을 지켜 줄게. 위 장군이 알면 얼마나 섭섭하시겠어."

"고맙다."

"그 대신 너와 나의 인연은 여기까지다."

"꼭 그래야만 하겠나?"

"알고 있나? 정보 세계에서 배신자는 용서하지 않는다는 것을."